दुलहिन

दुलहिन

चित्रा मुद्गल

रेमाधव पब्लिकेशन्स

ISBN : 978-81-89962-81-4

दुलहिन (कहानी-संगह)

पहला संस्करण : 2023

मूल्य : ₹ 495

प्रकाशक
रेमाधव पब्लिकेशन्स प्रा. लि.
जी-17, जगतपुरी, दिल्ली-110 051

शाखाएँ : अशोक राजपथ, साइंस कॉलेज के सामने, पटना-800 006
पहली मंजिल, दरबारी बिल्डिंग, महात्मा गांधी मार्ग, प्रयागराज-211 001

वेबसाइट : www.remadhav.com
ई-मेल : contact@remadhav.com

मुद्रक
बी.के. ऑफसेट
नवीन शाहदरा, दिल्ली-110 032

DULHIN
Stories by Chitra Mudgal

अपने अवध को
जिसकी शैतानियों और शरारतों ने
मुझे प्यार सिखाया
जो बेहद नकचढ़ा है
लेकिन है बहुत प्यारा...

भूमिका

लेखक के लिए उसकी पहली किताब उसके लिए क्या मायने रखती है इसका अन्दाजा उस खुशी से लगाया जा सकता है कि पहलौठी के बच्चे की भाँति या वह बच्चे को प्रसवित करते हुए कहीं स्वयं को स्वयं से जन्मते हुए महसूस करती है।

अपने पहले कथा-संग्रह 'ज़हर ठहरा हुआ', जिसका प्रथम प्रकाशन 1980 में 'अनन्य प्रकाशन' से हुआ, की कहानी कम दिलचस्प नहीं। मुम्बई में (तब की बम्बई) मेरे हिन्दी, गुजराती, मराठी साहित्यिक आत्मीयों को इस बात से आश्चर्य होता था कि लिख तो मैं 1964 से रही हूँ और हिन्दी की लगभग सभी बड़ी पत्र-पत्रिकाओं में मेरी कहानियाँ प्रकाशित होती रहती हैं; यहाँ तक कि मेरे बाद लेखन जगत में आए लेखकों के दो-दो कथा संकलन प्रकाशित हो चर्चित हो रहे हैं मगर मैं, अपनी कहानियों के पुस्तकाकार प्रकाशन के प्रति उदासीन हूँ। यह ठीक नहीं है। कथा-संग्रहों के प्रकाशन के सन्दर्भ में मुझे दिल्ली के जाने-माने प्रकाशकों से बात करनी चाहिए। सिर पर छाँव-से डॉ. धर्मवीर भारती जी ने भी कहा था, संग्रह तैयार कर लो चित्रा, मैं 'भारतीय ज्ञानपीठ' से उसके प्रकाशन की बात कर सकता हूँ, यही बात मुम्बई से 1979 में 'सारिका' के दिल्ली स्थानान्तरण के साथ दिल्ली आने को मजबूर हुए मेरे कवि, कथाकार जीवन-साथी अवधनारायण मुद्‌गल ने भी दोहराई। 'सारिका' के चलते यहाँ कई बड़े प्रकाशकों से मेरे अच्छे सम्बन्ध कायम हुए हैं। तुम कहो तो मैं तुम्हारे कथा-संग्रह के प्रकाशन की बात उनमें से किसी से भी कर सकता हूँ। मैंने अवध से कहा था, 'अपनी रचनाओं के सन्दर्भ में तुम इतने निरासक्त क्यों हो?' अवध का जवाब था, 'कोई मुझसे संग्रह माँगेगा तो जरूर दे दूँगा।' मेरा जवाब था, 'अपने कथा-संग्रह के विषय में भी मैं तुम्हारी तरह ही सोचती हूँ।'

इसी बीच 'सारिका' में नन्दन जी के सम्पादन में कहानी छपी—'बावजूद इसके'।

'बावजूद इसके' के प्रकाशन ने मुझे तीन अप्रत्याशित खुशियाँ सौंपीं। पहली खुशी मिली लखनऊ दूरदर्शन से कि वे लोग 'बावजूद इसके' पर टेली फिल्म निर्मित करना चाहते हैं। लौटती डाक से मैं उन्हें अनुबन्ध-पत्र हस्ताक्षरित करके फौरन भिजवा दूँ। दूसरी खुशी थी, चार पंक्तियों का सर्वेश्वर दादा का प्रशंसात्मक पत्र। तीसरी खुशी थी, 'अनन्य प्रकाशन', कटरा हीरालाल, चाँदनी चौक, दिल्ली-6 से प्रकाशक उमेश मेहता का पत्र कि उन्होंने 'सारिका' के नए अंक में मेरी नई कहानी 'बावजूद इसके' पढ़ी है। उन्हें कहानी ने बहुत छुआ हुआ है। वे मेरा कहानी-संग्रह छापना चाहते हैं। कहानी के नीचे प्रकाशित पते पर ही वह मुझे पत्र लिख रहे हैं। उनका प्रकाशन नया है। रायल्टी वह 10 प्रतिशत देंगे। साथ ही दो हजार रुपये अग्रिम। गुलज़ार साहब की 'बोस्की की कहानियाँ' के प्रकाशन की अनुमति उन्हें मिल गई है। उन्हें मेरी प्रतिक्रिया की प्रतीक्षा रहेगी।'

इस सिलसिले में मैंने दिल्ली अवध से बात की। उमेश जी का फोन नम्बर उन्हें दे दिया। अवध तनिक दुविधा में उलझे। नये प्रकाशक के पास नेटवर्क का अभाव होता है। पुस्तक पाठकों तक पहुँच नहीं पाती। मेरा तर्क था, नया यदि अपने लक्ष्य के प्रति संकल्पित है तो उसे पुराना होने में समय नहीं लगता।

पुस्तक का शीर्षक उमेश जी 'बावजूद इसके' ही रखना चाहते थे। मैं रखना चाहती थी अपनी एक अन्य कहानी, जिसे पाठकों ने बहुत पसन्द किया था, 'ज़हर ठहरा हुआ' के नाम पर जिसे पढ़कर डॉ. धर्मवीर भारती ने आगे चलकर उसका शीर्षक बदलवाकर—'दुलहिन' करवा दिया था। अपने एक साक्षात्कार में मैंने इस बात का उल्लेख किया है।

प्रथम कथा-संग्रह 'ज़हर ठहरा हुआ' की कहानियाँ आगे चलकर कई अन्य संकलनों में जब-तब प्रकाशित होती रही हैं। बावजूद इसके यह इच्छा निरन्तर बनी रही कि यह संकलन दुबारा अपने मूल स्वरूप में प्रकाशित हो। उसी कहानी के शीर्षक से जो अब बदल गया है। यहाँ तक कि पुस्तक का समर्पण तक वही हो जो पहले संग्रह का था।

तीस साल बाद चिर प्रतीक्षित 'ज़हर ठहरा हुआ' अब 'दुलहिन' नाम से पुनः प्रकाशित हो रहा है।...

मेरी खुशी का अनुमान आप लगा सकते हैं...

चित्रा मुद्‌गल

अनुक्रम

बावजूद इसके

स्टाफ बस से उतरकर प्रीति अपने घरवाली गली में मुड़ ही रही थी कि अम्मा कंडी लटकाए सामने से आती दिखीं। सब्जी खरीदने जा रही होंगी। कई बार भाभी से झड़प हुई है, फ्रिज में हफ्ते-भर की सब्जी लाकर भर देने के विरोध में। 'ये छह हजार रुपये सिर्फ पानी की बोतलें सजाकर रखने के लिए तो नहीं खर्च किए हैं!' भाभी तर्क करतीं। मगर अम्मा हैं कि उन्हें ताजी सब्जियाँ खरीदने की खब्त है। गठिया से टाँगें बेकार हो रही हैं फिर भी वह बाजार जाएँगी-ही-जाएँगी। उनकी समझ में कभी नहीं आता कि कौन लखनऊ है जो सब्जियाँ ताजी मिलेंगी! यहाँ सारा कुछ तो बाहर से आता है। मगर फ्रिज के नाम से ही उन्हें कुछ चिढ़-सी है।

पास पहुँची तो उसके चेहरे पर दृष्टि पड़ते ही अम्मा चिन्तित हो उठीं, "तबीयत तो ठीक है तेरी?" एक हाथ से उसका माथा भी छूकर देखा, "इतनी उतरी-उतरी क्यों है?"

"कोई बात जरूर है। दफ्तर में कोई कहा-सुनी हो गई क्या?"

"होगा क्या! जरा सिर में दर्द है। तुम्हें फालतू वहम होने लगता है।" उसने लापरवाही दर्शाई।

"अच्छा जा। जा के आराम कर। गोली-वोली मत खाना। मैं अभी घंटे-भर में आई। ठंडे पानी की पट्टी धर दूँगी।" कहकर अम्मा आगे बढ़ी ही थीं कि फिर मुड़ लीं, "मेज पर गोयल की चिट्ठी धरी है। पढ़ लीजो। अब दिल नहीं, दिमाग से काम ले...बहुत हो गया। हर वक्त अपनी नाक ऊँची किए रहती है।"

रास्ता नहीं देख रहीं। अपनी ही बिल्डिंग के एक-दो लोग पास से गुजरे। मगर अम्मा हैं कि बोलने लगती हैं तो सही या गलत जगह का ध्यान ही नहीं रहता।

गोयल को लेकर अम्मा कभी किसी ठोस निर्णय पर नहीं पहुँचीं और न उसे पहुँचने देती हैं। आजकल तो एकाएक उसे लगने लगा है कि अपने बारे में उसे जो भी निर्णय लेना है, अपने-आप ही लेना है। अम्मा उसे इस मामले में कभी ताकतवर नहीं बना सकतीं। असहायता-बोध अवश्य भरती रहती हैं। हाँ, यदा-कदा उन्हें उसका पढ़ा-लिखापन कचोटता है। केवल तब वे उसे गोयल की अमानुषिकताओं के खिलाफ खड़ा होने के लिए उकसाती हैं; पर यह भावना अधिक देर नहीं टिकती। यह भी संशय उठता है कि इतना साथ देना भी महज इस कारण होता है कि वह उनकी अकेली लड़की है। गोयल की ज्यादतियों को वह शायद इस वजह से भी बर्दाश्त नहीं कर पातीं।

नहीं तो, उन्होंने खुद उसकी पीठ के नीलों पर हल्दी और चूना मला है। वह भी तब, जब मोना पेट में थी। पहले जब-जब उसने गोयल के विषय में बताया, अम्मा ने कभी विश्वास नहीं किया। विश्वास होता भी कैसे! गोयल की ओढ़ी हुई शालीनता हमेशा उसके सम्पर्क में आने वालों को अभिभूत कर लेती। उसके मैनरिज्म इस तरह वशीकरण फेंकते कि कोई उसकी भीतरी तहों की कँटीली फेंसिंग से न तो टकरा पाता, न उसके अहंकारी स्वभाव से उसका साक्षात्कार हो पाता। वास्ता बहुत ऊपरी पड़ता, धारणा भी उसी पर खड़ी हो जाती।

जिन्दगी जीने के उसके अपने तेवर थे। क्लब में रात एक-दो बजे तक 'ब्रिज' जमा रहता। साथ पीना-पिलाना भी। खाना भी ज्यादातर किसी बड़े होटल में खाया जाता या फिर किसी दोस्त के घर लौटकर। उसे एकाध बार साथ ले भी गए मगर लगातार कई दिनों की कोशिश के बावजूद वह अन्य दोस्तों की बीवियों की तरह 'ब्रिज' सीख नहीं पाई, न ह्विस्की का 'दूसरा पेग' ले सकी। अंग्रेजी फिल्में उसने देखी ही कम थीं, फिर दृश्यों की चर्चा कैसे कर पाती। उसे 'बोनीयम' के रिकॉड्र्स पर नाचते हुए मि. खन्ना का हल्के से अपने खुले कन्धे पर होंठ रख देना भी नहीं गवारा हुआ था।

"टेक इट इजी।" गोयल ने उसकी झिझक तोड़ने की मंशा से पुचकारा था। क्यों न कहता? आँख बचाकर वह भी तो मौका लेता था। कभी-कभी तो सुरूर

इतना गहरा हो उठता कि आँख बचाने की जरूरत भी नहीं पड़ती थी। लगता था, सब अन्धे हो गए हैं। अपनी ही उँगलियों से अपनी पुतलियों को फोड़ बैठे हैं...

इस 'एक्जिक्यूटिव' सभ्यता का विनिमय न उसे स्वीकार हुआ था, न सह्य। नतीजा! झगड़ा, जो फिर मार-पीट में तब्दील हो उठा। न वह खुद को बदल सकी, न गोयल अपने को। बदलने की कोशिश हुई थी, मगर उसने पाया कि वह स्त्रीगत द्वेष से छुटकारा नहीं पा पाई। गोयल यहीं सफल नहीं हो सका। वह छूट देना भी चाहता था, छूट लेना भी...और एक दिन वह पीठ पर नीलों के धब्बे चिपकाए देवर जतिन के साथ अपने शहर लौट आई थी। जतिन तीन दिन के लिए सरकारी दौरे पर मुम्बई जा रहा था। हालाँकि माँ जी उसके इस तरह आने के एकदम खिलाफ थीं। इतना कुछ होना उन्हें मात्र 'मियाँ-बीवी में तुन्न-भुन्न होना' भर ही लगा। जतिन विरोध में बराबर तर्क करता रहा कि गरमा-गरमी तक तो ठीक है पर भैया का हाथ उठाना निश्चित ही अमानुषिकता है। उसने माँ जी के समक्ष ही उसे चुनौती दी थी—'एक दिन अपनी हत्या करवाओ, इससे बेहतर है कि अपने भरोसे खड़े होकर जीने की कोशिश करो।'

उन्हीं दिनों जतिन की शादी की बातचीत चल रही थी। उसने पहले ही स्पष्ट घोषणा कर दी थी कि ऐसी स्थिति में उनका कतई एक साथ रहना सम्भव नहीं है। या तो भैया अलग घर ले लें जो वे आसानी से ले सकते हैं या फिर वह अपने लिए कोई अलग ठौर-ठिकाना खोज लेगा...'बहरहाल मैं अपनी पत्नी को आए दिन होनेवाले इस नंगे नाच से दूर ही रखना चाहूँगा।'

रास्ते में उसे हल्का-सा रक्तस्राव शुरू हो गया था। वह बेचैन और आशंकित हो उठी थी। कहीं कोई गड़बड़ तो नहीं हो जाएगी। जतिन को उसने नहीं बताया। जतिन ख्वामख्वाह घबरा जाता। मगर घर पहुँचते ही उसने फौरन अम्मा से स्थिति स्पष्ट की।

अम्मा और भाभी उसे तुरन्त डॉ. सिन्हा के मैटरनिटी होम ले गईं और डॉक्टर ने उसे घर लौटने ही नहीं दिया।

वे अम्मा को समझा रहे थे—'टोटल बेड रेस्ट की जरूरत है। यहीं रहना ठीक होगा। वैसे तो एक्सेप्शन होता है प्रेगनेंसी पीरियड में ब्लीडिंग होना, केस बिगड़ भी सकता था; पर मौके से ले आईं आप...सब ठीक हो जाएगा। डोंट वरी!'

उसे चार दिनों तक मैटरनिटी होम में ही रहना पड़ा। इंजेक्शनों के कोर्स के साथ-साथ ग्लूकोज भी चढ़ाया गया। पलंग का पायताना ऊँचा रखा गया। डॉ. सिन्हा ने भरसक उसकी वजह जाननी चाही थी। वे डायग्नोस करते रहे थे।

पेट में मोना और वह खुद ठीक-ठाक डॉ. सिन्हा की मैटरनिटी होम से लौट आए थे।

पीठ पर पड़े नील तब भी नहीं मिटे थे। रंग बदलकर ललछर हो गया था। अम्मा ने लेप लगाते, सेंक देते, गोयल को दसियों बार राक्षस बताया, बीसियों बार जानवर कहा और भैया से आग्रह करती रहीं कि वे तुरन्त गोयल को कड़ा विरोध-पत्र लिखें। रास्ते में पड़ी तो उठाकर नहीं ले गए उसे, अनाथ समझ रखा है क्या?

जाने भैया ने पत्र में कुछ लिखा या नहीं; पर यह सब जान लेने के बावजूद उन्होंने कोई रोषपूर्ण टिप्पणी नहीं की। निर्लिप्त बने रहे। और अम्मा भी कैसे पलट गईं। जैसे ही उसने यह कहा कि वह अब उस घर में लौटकर जाना नहीं चाहती, गोयल के प्रति उफना घृणाभाव एकाएक शान्त हो गया—'इतना बुरा तो नहीं है...ऐसे-ऐसे जाहिल मर्दों से पाला पड़ता है...अरे, अपने बाप की पूछ! आज जिन्दा नहीं है तो कहते भी जुबान कटती है...ऐब न हो तो मर्द कैसा! और तेरी ऐंठ क्या कम है! कौन खाता-पीता नहीं आजकल? फिर पिये हुए आदमी के मुँह लगती ही क्यों है?'

महीना खत्म होते-न-होते गोयल आया था माँ जी के साथ। माँ जी नासिक जाकर पंचवटी के दर्शन करना चाहती थीं। अम्मा को भी साथ मिल गया। भैया ने गाड़ी की व्यवस्था कर दी। उसकी भी इच्छा हुई कि साथ चली जाए, पर गोयल का सामना बरदाश्त नहीं हो पा रहा था। हालाँकि वह उसे एकदम सहज लगा। पिछला राई-रत्ती चेहरे पर या व्यवहार में नहीं था। पहले ही की तरह भाभी से भरवाँ टमाटरों की फरमाइश हुई। हर दो घंटे पर कॉफी माँगता रहा। शाम सबको 'चायनीज' के लिए बाहर ले गया। वहाँ से जुहू जाना भी नहीं भूला। बीच पर उससे बार-बार नारियल पीने का आग्रह करता रहा। फिर उससे बोला, "मैडम! चिल्ड बियर पिलवा दो तो बस इस हाईटाइड में मजा आ जाए!"

भैया और गोयल ने जुहू होटल में बियर पी। वह और भाभी कोक पीते रहे।

भाभी रास्ते-भर गोयल के चुटकुलों पर ठहाके भरती रहीं और 'गजब के जिन्दादिल हैं!' दोहराती रहीं।

रात सोने की व्यवस्था साथ-साथ ही थी।

गोयल ने अपने व्यवहार के लिए लगातार माफी माँगी और यह आश्वासन दिया कि उसे अपने ढंग से रहने की छूट भी दी जाएगी।

"मुझे अपने ढंग से रहने की छूट नहीं, घर चाहिए, जहाँ अपने-अपने ढंग से नहीं, दोनों साझीदार होकर जी सकें।" उसने खुद को स्पष्ट किया था—"जो कुछ बाहर चलता है वो घर पर बैठकर भी तो हो सकता है!"

"ओ.के., मैडम!" उसने हथियार डाल दिए थे।

अम्मा ने लौटकर बताया था कि माँ जी भी भविष्य में उसके साथ अभद्रता न होने का आश्वासन दोहराती रही थीं।

जतिन की शादी में मोना ढाई महीने की थी। घर कितना भरा-भरा हो उठा था। मोना की किलकारियों और उषा के रंग-बिरंगे परिधानों तथा भरी-भरी कलाइयों की खनक हवा में महमहाती तैरती रहती। गोयल शाम को घर पर ही रहता; मगर वह यह बराबर महसूस कर रही थी कि एक अनमनाहट उसमें छटपटाती रहती है। ज्यादा दिन न वह खुद को रोक सकता है, न उसके आसपास का माहौल ही उसे रुकने देगा। मोना के आगमन से वह जरूर उसमें ही व्यस्त हो गई थी।

गोयल ने तय मुताबिक न्यू अलीपुर में नया फ्लैट खरीद लिया था। उनके नए घर जाने की घटना पर सबसे अधिक दुःखी माँ जी हुईं। मोना घर में पहला बच्चा थी और पैदाइश के साथ ही उनके उबाऊ दिनों की व्यस्तता बन गई थी। नया घर पाने की खुशी उसे कतई नहीं हुई। यहाँ जो भी होता था, माँ जी थीं, जतिन था जो अकसर उसके पक्ष में गोयल के समक्ष ढाल-तलवार उठा लेता। उनके बीच वह अधिक सुरक्षित महसूस करती थी।

मगर साथ रहा नहीं जा सकता था। जतिन रहना भी नहीं चाहता था। पीने-पिलाने वाली आदत से उसे सख्त नफरत थी, चाहे वह घर पर ही बैठकर क्यों

न हो। कितनी बार उससे कहा था जतिन ने, 'यह बाल-बच्चेवाला झंझट भी गले डाल लिया; पर सच कहूँ, भाभी, चलेगा नहीं ज्यादा दिन...अपने को खत्म करना तय ही कर लिया है तो अलग बात है...मैं तो चाहता था कि तुम नई जिन्दगी शुरू कर लेतीं।'

गलत कहाँ कहा था जतिन ने!

अनमनापन नये फ्लैट में पहुँचकर निरंकुश हो उठा। कई बार वह सम्भावित घरों में फोन करती, क्लब का नम्बर मिलाती। वह यही समझता कि उसके पीछे जासूसी की जा रही है...तब भी यही समझा, जब मोना डॉक्टरों के लिए भी असाध्य हो उठी। उसे 'वाडिया' में दाखिल करना पड़ा। किसी दोस्त के यहाँ बैठा मिल भी गया तो कितने संवेदनहीन शब्दों में वह अपनी मजबूरी जताकर चीखा था, 'जो कुछ करना है, डॉक्टर को ही करना है न! मेरे साथ रहने या पास बैठने से जादू तो नहीं हो जाएगा। फिर तुम्हें क्या काम रहता है...तुम घरेलू भाग-दौड़ भी नहीं कर सकतीं?' अपनी बच्ची भी 'औरों' की तरह हो गई थी। देखने आता था तो विजिटिंग आवर्स में...

माँ जी को भी उसका उद्दंड आचरण चुभा था। उसके शब्दों की व्यथा वह महसूस कर सकती थीं—'दिमाग तो नहीं चल गया इसका? काम बच्ची से ज्यादा जरूरी है क्या?'

उषा और जतिन बारी-बारी से चक्कर लगाते रहे। उषा और माँ जी उससे नाराज भी हुईं कि लगातार छह दिनों से वह अस्पताल में ही है, एक रात घर जाकर आराम कर ले। हममें से कोई रात मोना के पास ठहर जाएगा। ऐसे में तो वह भी बिस्तर से लग जाएगी। मगर वह न मानी। मन अजीब-अजीब खयालों से भरा धुकपुकाता रहा। कहीं ऐसा न हो कि...

उस रात उसके बढ़ते हुए रक्तचाप की दलील देकर डॉक्टर ने उसे कम्पोज खिलाकर कुछ घंटों के लिए आराम करने को बाध्य कर दिया था और नर्स को मोना के पास बने रहने की ताकीद कर दी थी। पर जैसे ही नींद उचटती थी, उसने पाया कि मोना के करीब ऑक्सीजन का सिलेंडर रखा है।

ऑक्सीजन की नलियों ने कुछ घंटों मोना की उम्र को जिलाये रखा था। फिर डॉ. रस्तोगी ने उसके कन्धों पर दिलासा का स्पर्श टिका कुछ शब्द बुदबुदाये थे—"सॉरी, वेरी सॉरी!"

आगे की उसे कुछ भी याद नहीं।

लम्बे समय तक उसे नींद का इंजेक्शन देकर सुलाए रखा गया। आँखें खुलीं तो गोयल को सिरहाने बैठा पाया। उसकी उँगलियाँ उसके बालों को सहला रही थीं। माथे पर कुछ बूँदों की तरलता का भी अहसास हुआ। रो रहा था शायद। उसकी नाटकीय संवेदना पर हैरत हुई। क्या उसे भी दु:ख हुआ? हो भी सकता है? भीतर द्वन्द्व का ज्वार पछाड़ें खाने लगा। क्यों नहीं होगा? मोना को प्यार कम नहीं करता था...भले प्रदर्शन न करता रहा हो। रात को दो बजे लौटता तो भी सोती हुई मोना को जाकर छू-भर लेता। कभी-कभी गुदगुदाकर जगा भी देता। वह नाराज हो उठती—'दिन में कभी बेटी नहीं याद आती?'

वह ताना पचा नहीं पाता और तनाव निश्चित रूप से खिंच आता।

तभी उसे याद हो आए थे गोयल के वे वाक्य जो उसने मोना की बीमारी के दौरान चीखकर कहे थे। माथे पर ठहरी हुई तरलता सहसा घड़ियाल के आँसू-सी संवेदनहीन हो उठी। प्रतिहिंसी हो उसने पूछा था, 'यह मोना के जाने का दु:ख है या छुटकारे का सुख?'

प्रश्न के साथ ही बालों को सहलाती हुई उँगलियाँ सिर से हट गईं। एक दीर्घ उच्छ्वास के साथ वह करीब से उठ खड़ा हुआ। शायद पितृत्व आहत हो उठा था। कटाक्ष सह नहीं पाया।

हालाँकि मोना के मृत्यूपरान्त गोयल में तमाम परिवर्तन हुए थे। जब तक वह उस घर में थी, वह दफ्तर से सीधा घर आता। उसकी बातों को अन्यथा न लेता। उसे लगता, वह जबरन अपने-आपको बदलने की चेष्टा में है। मगर उसके भीतर भी हुए कई परिवर्तनों ने कुछ निर्णय ले लिए थे। इसलिए भी कि अपने प्रति बरती गई अमानुषिकता को उसने उसका मानसिक ऐब मान लिया था; किन्तु मोना के प्रति बरती गई गैर-जिम्मेदारी उसे क्रूर उपेक्षा ही लगी। जिसे वह कतई क्षमा नहीं कर सकी। तब घर छोड़ते हुए यही लगा, जो कुछ खत्म हो जाता है, मर जाता है, वह फिर कभी जिन्दगी का जीवन्त हिस्सा नहीं बन पाता। गोयल का लौटना अब उसे लौटा नहीं सकता था। रोक भी नहीं सकता था...मोना को खोकर तो कतई नहीं...

चिट्ठी के लिए कोई उत्सुकता नहीं थी। इत्मीनान से नहा-धोकर उसने दो कप कॉफी बनाई। भाभी की कॉफी पहुँचाने उनके कमरे तक गई। वे बिस्तर पर अधलेटी 'चेज' पढ़ रही थीं। कप लेकर सीधी बैठ गईं—"बैठो, बिट्टो।"

"अम्मा नीचे मिली थीं। बता रही थीं कि साहब बहादुर की चिट्ठी आई है, जाकर देख लूँ जरा।"

भाभी ने सुनकर कोई प्रतिक्रिया व्यक्त नहीं की। उसके जिद्दी स्वभाव से अच्छी तरह परिचित हैं। एकाध बार उन्होंने उसे समझाना चाहा तो उसे बुरा लग गया। कड़वी बात कह दी थी उसने—'पास रखना भारी पड़ रहा है क्या?' तलाक के प्रश्न पर भी भाभी उसका विरोध ही करती रहीं। उन्होंने तो उसके आत्मनिर्भर होने के भ्रमजाल को यहाँ तक झटका था कि 'घर से बाहर निकलकर चार अन्य लोगों का शोषण और लताड़ बर्दाश्त कर सकती हो, पर अकेले पति को सहन नहीं कर सकती! यह कैसा स्वाभिमान है?'

वह बौखला उठी थी।

"लात-घूँसोंवाला शोषण तो नहीं होगा?"

"किस तरह का होगा, यह कौन कह सकता है?"

"किसी भी तरह का हो, स्वेच्छा तो होगी। आरोपित तो नहीं होगा? फिर आप मुझे इतना गिरा हुआ क्यों समझ रही हैं? उन लोगों से मेरी कोई अपेक्षा नहीं होगी! किसी हक की बात तो नहीं होगी। लात-घूँसों की चोट से भी अधिक पीड़ादायक जख्म होता है अधिकारच्युत होने का। सामने है, फिर भी नहीं मिलता या नहीं दिया जाता। आप नहीं समझ सकतीं।"

वह उनके पास से उठ गई थी। यही सोचकर कि भैया हर वक्त हथेलियों पर रखते हैं। कभी उनके भारी हाथों की उँगलियों ने भाभी के अस्तित्व को नहीं नकारा, न ही आहत किया, न ही क्षुद्र समझा। वे उसकी पीड़ा को कैसे महसूस कर सकती हैं? अगर वे उसकी टीसों को मात्र अहंकार का प्रलाप मानती हैं तो उनका दोष भी तो नहीं है। कभी दोहरी जिन्दगी की दुविधा वे बनीं नहीं जो...

कॉफी खत्म हुई तो मेज पर कप सरकाकर उसने गोयल की चिट्ठी खोल डाली।

पिछली चिट्ठियों में उससे लौट आने का किया गया मनुहार अब धमकियों में बदल गया था। एक विद्रूप चेहरे पर खिंच आया। पुरुष के अहं का सब्र छोटा होता है। चुक ही जाएगा। डेढ़ साल से ऊपर हो रहा है उसे अलग हुए। आए हुए खतों का जवाब वह देती नहीं थी, मगर 'यहाँ तुम्हारे विषय में यह चर्चा है कि तुम्हारे इस तरह मुझसे अलग होने के पीछे वहाँ तुम्हारा कोई पुराना सिलसिला है।' जैसे शब्दों ने उसे उत्तेजित कर दिया था कि वह कोई जवाब दे ही दे। वह जानती थी, गोयल इस नीचता तक एक दिन उतरेगा ही। इतने दिनों तक वह बदल जाने का ढोंग ओढ़े नहीं रह सकता था। चर्चा की बात तो फिजूल है। अपनी भड़ास को वह चर्चा का माध्यम बनाकर उसे जलील करना चाहता है...प्रयोजन वह अच्छी तरह समझती है। वह जानता है कि उसे आहत, अशान्त करना है तो कहाँ प्रहार करना निशाने पर बैठेगा...पर अब उसे यह चुनौती इस स्तर पर भी स्वीकार है।

लिखने बैठी तो बिना किसी लाग-लपेट के बात कह गई।

'पत्नी मैं तुम्हारी बन नहीं सकती...किसी अन्य नाजायज रूप में मुझे तुमसे रहने-खाने के मुआवजों की दरकार नहीं। अब जिन्दगी अपनी भी जीना चाहती हूँ। चुक गए सम्बन्धों की चर्चा अब तुम्हें सालती क्यों है? अगर स्वीकार ही कर लूँ कि यह सब किन्हीं पूर्व सम्बन्धों का ही परिणाम है तो तुम्हें क्या फर्क पड़ता है?

'एक गुजारिश और—जलील करना चाहते हो तो दिक्कत क्या है? टुच्चे बहानों के कन्धों क्यों आजमाते हो?

'विच्छेद के कागजात मेरा वकील भेज रहा है। जो स्थिति है उसके सच को स्वीकार कर लेना ही दोनों के लिए बचा-खुचा विकल्प है। अलग होने के लिए मैं तुम पर कोई कारण नहीं थोप रही। बस मैं अलग होना चाहती हूँ। छुटकारा चाहिए मुझे। माँ, भैया और भाभी इस पक्ष में नहीं; किन्तु अब मैं किसी पक्ष-विपक्ष की दुविधा बनकर नहीं जी सकती। मोना जीवित होती तो शायद उसे बाप का नाम देना जरूरी होता। या शायद मेरा यह सोचना भी गलत हो। शायद तब भी यही करती, खैर...

"यहाँ गोल्डन कांटीनेंटल में रिसेप्शनिस्ट के पद पर हूँ। अच्छी तनख्वाह है। इस नौकरी के लिए गैर-शादीशुदा ही आवेदन कर सकते हैं। मैंने यही

जाहिर किया है। यानी, पत्नीत्व की भावना से मैं पहले ही मुक्ति पा चुकी हूँ। औपचारिकताओं पर अब तुम्हें मात्र हस्ताक्षर भर करना है...'

पत्र लिफाफे में बन्द किया—बड़ा भारी काम निबटा दिया आज! पूर्णविराम लगाकर अपनी बात कह दी। बात कहने की जरूरत भी न होती अगर इतने अरसे की चुप्पी को ही गोयल जवाब समझ लेता। चलो, अब ही सही।

उसे लगा, वह एकदम हल्की हो उठी है। अन्तस पर विचल जमी चट्टानें कहीं सरक गई हैं। मगर नहीं, हल्के हो जाने की बात उसने सोची-भर है। एक तय भाव! भीतर से बोझ कतई नहीं सरका, न हल्का हुआ, सोच-भर लेने से क्या होता है! सोचे हुए के मुताबिक मन कहाँ परिवर्तन ग्रहण करता है? कहाँ? अपने ही भीतर दो विपरीत प्रवाहों की टकराहट कब तक झेलती रहेगी? जब-जब उसने जीना तय किया है, उसका 'भीतर' उसे कभी सामान्य नहीं होने देता, उसके तय पर पंजा तान लेता है!

सतीश के साथ वह अकसर कॉफी पी लेती है। सतीश कभी उससे 'कॉफी पीने चलोगी' नहीं कहता—'चलो, कॉफी पी आएँ' कहता है। जैसे वह जान गया है कि उसे सोचने का मौका देना खतरे से खाली नहीं है। कई बार उसके खोयेपन को लेकर वह उखड़ जाता है।

"तुम्हें तो किसी मन्दिर में होना चाहिए।"

"क्यों भई?"

"वहाँ कुछ करना नहीं पड़ेगा। पुजारी घंटा-घड़ियाल टुनटुनाते रहेंगे और तुम उन प्रस्तरों में से एक ओर जड़वत मूर्ति-सी..."

"सलाह बुरी नहीं।" वह टिप्पणी पर हँसी से दोहरी होने लगती है। लॉबी की कई जोड़ी नजरें उन पर कौतूहल उछालती टिक जातीं।

"अरे यार! डोंट लॉफ दिस मच...द्विवेदी का बच्चा फौरन केबिन से बाहर निकल आएगा। तुम तो चुप्पी साध लोगी मगर अपना तो भाजीपाला हो जाएगा। आधा घंटा वह कन्धे उचका-उचकाकर तौर-तरीकों पर भाषण पिलाते हुए मुहब्बत फरमायेगा। कौन झेलेगा!"

बगलवाले काउंटर से इला ने आँखें तरेरीं।

वह चुप होना चाहती है, पर हँसी है कि फिर भी नहीं सधती—"ठीक है, बाहर आने दो। मैं झेल लूँगी।"

"क्या गजब करती हो!" सतीश उसकी नंगी कलाई पर हौले-से हथेली धर देता है—"इला को छोड़ दो। तुमने उसे देखा भी तो..."

"कत्लेआम हो जाएगा। यही न...!"

इला याद आ गई प्रीति, तुम इस बंडल के झाँसे में मत आना। तुमसे पहले यह हमारे लिए भी कत्लेआम कर चुका है।"

मगर फिर वही। घंटे-आध घंटे परिहास में शरीक हो वह अपने में लौट-सिमट आती।

दरवाजे की घंटी बजी। तन्मयता भंग हुई। अम्मा बाजार से लौट भी आई हैं। चट लिफाफा उठाकर उसने अपने पर्स में सरका दिया। अम्मा की दृष्टि पड़ गई और गोयल का नाम उस पर पढ़ लिया तो उठते-बैठते जिरह शुरू—"क्या लिखा है तूने? नए-नोखे नौकरी हाथ लग गई है तो धरती-आसमान न उठा। जिन्दगी नहीं कटती अकेले। बुलाने के लिए चिट्ठियाँ लिखता रहता है तो यह उसकी भलमनसाहत ही समझ, वरना..."

"भलमनसाहत, या हथेलियाँ खुजलाती होंगी मरम्मत के लिए?" वह हँसते हुए अम्मा को छेड़ती। मगर उनकी बड़बड़ाहट एल.पी.सी. चलती रहती।

एल.पी.-सी

ड्राइवर ने वैन सीधी बिल्डिंग के सामने ले जाकर खड़ी कर दी। रात के करीब ढाई बज रहे हैं। नाइट ड्यूटी होती हो तो सबको घर छोड़ते-छाड़ते इतना समय हो ही जाता है। वह भीतर बैठे अन्य साथियों को 'शुभरात्रि' कहती हुई नीचे उतर आई। गली खत्म कर वैन मेन रोड पर मुड़ ली। उसके मुड़ते ही सड़क पर सुस्ताता मरकरी से सफेद हुआ अँधेरा सहसा तीखी घरघराहट को पीता हुआ थर्राया। दहशत से घिरी वह सिहर-सी उठी। सन्नाटे में किसी भी तरह की आवाज कैसी चीख-सी लगती है...भोथरी चीख।

ऊपर देखा। उसके और अम्मा के सम्मिलित कमरे से रोशनी छन रही है। कभी-कभी वे उसे बालकनी में खड़ी प्रतीक्षा करती हुई भी मिलतीं। वह ग्लानि से भर उठती कि अम्मा कितना कष्ट झेल रही हैं उसके लिए। वह समझाती—'सो जाया करो न!' मगर वे नहीं मानतीं। हालाँकि यह भी सोचती है कि मान लो, उसके आग्रह के मुताबिक वे उसे जगती हुई न मिलें, तो? अच्छा नहीं लगेगा। जब सोचकर ही खिन्न हो उठती है तो प्रत्यक्ष कितना पीड़ित करेगा! कहने के लिए कह-भर देती है—बहुत-सी कही जानेवाली बातों की तरह।

एक अम्मा ही तो हैं जो घर पर उसके वजूद की अहमियत का आभास उसे देती रहती हैं। वरना तो...उसके और गोयल के तनावों की प्रतिक्रिया-स्वरूप भैया कितने औपचारिक रह गए हैं। बोलते तो वे पहले ही कम थे मगर इतना कम नहीं कि कभी उसे अपनी उपेक्षा महसूस हुई हो। अम्मा उसे समझाती हैं। यह उसके दु:खी मन का भ्रम है। पहले की अपेक्षा वे कुछ अधिक गम्भीर अवश्य हुए हैं किन्तु उसे लेकर कोई कलुष-भाव नहीं है। उसके भविष्य की चिन्ता उनके मन को बराबर कुरेदती रहती है। हो सकता है अम्मा से उनकी बात होती हो। इतना तो वह भी जानती है कि वे उसके होटल में नौकरी करने के बेहद खिलाफ हैं; होटल चाहे 'फाइव स्टार' ही क्यों न हो!

अगले वर्ष भाभी रीतू और अभय को यहीं किसी कॉन्वेंट में भरती करने के पक्ष में हैं। अभी दोनों पंचगनी में हैं। तब जगह की समस्या भी होगी। वैसे तो कोई विशेष फर्क नहीं पड़ता। बच्चों का कमरा है। लेकिन प्रश्न एकाध साल गुजारने भर का ही नहीं है। नौकरी उसकी ऐसी है कि कहीं भी एकाध कमरे का मकान लेकर वह अकेले भी रह सकती है। ढाई-तीन सौ में वन रूम-किचन आसानी से मिल जाएगा। खाने-पीने का उसका विशेष खर्चा है ही नहीं। होटल में ही एक रुपये के कूपन पर उसे रियायती भोजन मिलता है। अपनी इस मंशा से उसने अम्मा को अवगत करा दिया है। यह प्रस्ताव भी रखा कि अगर वे उसके साथ रहने को राजी हो जाएँ तो उसे मानसिक तौर पर बड़ा सहारा रहेगा। यहाँ भी तो पड़ी ही रहती हैं। वहाँ भी उन्हें क्या करना होगा।

सुनकर अम्मा किस कदर भन्नाई थीं—'देख बिट्टो, मेरे तो ये सत्संग में

जीने-मरने के दिन हैं। बेटे की रूखी-सूखी भी भली। तेरे तो पाँव पूजे हैं। साथ रह-खाकर अपनी मिट्टी काहे खराब करूँ? फिर कौन ये लोग मुझे घर से धक्का दे रहे हैं? मैं तो मनाती रहती हूँ रे कि तेरा भरा-पूरा घर है...दिन फिरे...और तू अपने घर में सोहे!'

"ठीक है। तुम मनाती रहो।" वह रुँध-सी जाती। एक ही रटन। घिसी-पिटी!

एक जतिन ही है जो हमेशा उसकी हिम्मत बँधाता रहता है—'नए सिरे से जिन्दगी शुरू कर लो। भैया से मामला साफ हो जाए तो हम तुम्हारे लिए दूल्हा भी खोज देंगे। हम तो अब साथ देने से रहे। रही इधर की बात, तुम्हारे रहने, न रहने से भैया को कोई फर्क नहीं पड़ता। सामाजिक मर्यादा की बात माँ के ताने-तुक्कों से एकाएक जागती है, बाकी जो कुछ है वह उनके अहं की, मर्दानगी की ऐंठन है कि तुम उनके बगैर समाज में कैसी खड़ी हो! तुम्हारे लौट आने का आग्रह भी इसी का चोंचला है। ध्यान ही मत दो...'

चाबी पर्स में होती है। कमरे में पहुँची तो पाया, अम्मा बिस्तर पर बैठी, आँखें ढाँपे जाप में डूबी हैं। गोदी में पड़ी हुई रुद्राक्ष की माला का एक-एक मनका बड़े सधे हुए ढंग से अँगूठे और उँगली के पोरों के मध्य, बुदबुदाते हुए होंठों की मौन प्रार्थना के साथ सरक रहा है।

बिना आहट किए दरवाजे के पीछे लगी खूँटी पर टँगा गाउन उतारकर कपड़े बदलने लगी। एक कप कॉफी की जरूरत महसूस हो रही थी। अम्मा अगर जाप में न होतीं तो उसके कहे बगैर ही बना लातीं। इच्छा होने के बावजूद उसे किचन तक जाने में आलस आ रहा है। छोड़ो भी। बिस्तर के एक तरफ आहिस्ता से सरककर उसने आँखें ढाँप लीं। काम ही क्या होता है। मेहमानों को चाबी दो, चाबी लो। उनकी कोई आवश्यकता है, शिकायत है तो सम्बन्धित विभाग तक पहुँचाना। और बस खड़े-खड़े जबरन मुस्कुराते रहना। फिर भी थकान इतनी हो जाती है जैसे दिन-भर कुदाल चलाई हो। दिमाग भारी हो उठता है और तिस पर...

साढ़े चार के करीब द्विवेदी ने बुलाया था उसे।

समझ में नहीं आया कि क्यों बुलाया है। हालाँकि कभी-कभी तो वह बड़े सड़ियल-से कारणों को लेकर भी बुला लेता है, जैसे—'मिस! आज आपने बाल शैम्पू नहीं किए? खुला रखने का शौक है तो...' या 'चेहरे पर इतनी मुर्दनी क्यों

लपेट रखी है? तनिक फेशियल करा लिया कीजिए न!' या 'मेहमान के सामने आप बैठी क्यों थीं?' यह सही है कि वह खुद बड़ा चुस्त-दुरुस्त रहता है और इस नौकरी की आवश्यकता भी चुस्त-दुरुस्त बने रहने की है; मगर जिस तरह बुलाकर वह मामूली-मामूली-सी बातों पर झिड़कता रहता है या पास ठहरकर टोक देता है, चिढ़ छूटती है। अपमान-सा महसूस होता है। यूँ भी पुरुष के मुँह से ये हिदायतें बड़ी अटपटी लगती हैं।

वह केबिन में पहुँची थी और द्विवेदी ने उससे बैठने के लिए कहने की भी औपचारिकता नहीं बरती—'मिस! आपने हमारे यहाँ लिखित दिया हुआ है कि आप शादीशुदा नहीं हैं। पर्सनल डिपार्टमेंट में आपके पति मि. गोयल ने यह पत्र भेजा है कि आपने झूठ बोला है। आप दोनों अभी भी पति-पत्नी हैं। आप अपने मिजाज की वजह से उनसे कुछ दिनों से अलग हैं...इज इट टू?' प्रमाण-स्वरूप द्विवेदी ने फाइल खोलकर उसकी तरफ खिसका दी, 'जस्ट सी, प्रीति...'

फाइल में नत्थी पत्र टंकित था पर नीचे हस्ताक्षर गोयल के ही थे। उसे पैरों के तलवे सैंडिलों पर नहीं, बर्फ की सिल्लियों पर टिके महसूस हुए। क्यों किया गोयल ने ऐसा? क्यों...क्यों...? इसलिए कि सम्बन्ध-विच्छेद के कागज उसने वकील से भिजवाये? आत्मनिर्भर होने का सन्देश भेजा? उसकी दया-दृष्टि नकारी? रहने-खाने का मुआवजा अस्वीकार किया? जीने की इच्छा स्पष्ट की?

"प्लीज सिट डाउन प्रीति, इतना नर्वस होने की जरूरत नहीं है। प्लीज डू सिट।" उसके चेहरे पर सूजे-सी दृष्टि गड़ाए द्विवेदी के स्वर ने एकाएक पैंतरा बदला। स्वर की मुलायमियत से वह इस नाजुक स्थिति में भी चौंकी। खड़ी नहीं रह पा रही थी। मजबूरन कुर्सी खिसकाकर बैठ गई।

"यह आश्वासन मैं दे सकता हूँ। आई कैन सेव यू फ्रॉम दिस प्रॉब्लम। बट, लेट मी नो अबाउट योर डिसीजन।" उसने अनबूझ दृष्टि उठाई थी, "लेटर तब तक फॉरवर्ड नहीं होगा..."

"मैं समझी नहीं सर।" वह ठंडे पसीने से नम होती एक घुटती साँसत में जकड़ गई।

"आई मीन, तुम गेस्ट्स को एंटरटेन करना पसन्द करोगी? थिंक ओवर दिस! आज की मॉडर्न लड़कियाँ इसे बेजा नहीं समझतीं, यू नो बेटर...अरेबियन

गेस्ट्स आर वेरी रिच...फॉर कम्पनी सेक...वे मनचाहा पे करते हैं...बट, शर्त यह है कि किसी को भनक नहीं लगनी चाहिए, न मैं लगने देता हूँ। कॉफी शॉप में सिल्विया थी—काफी पहले। उसने तो अपने अरेबियन दोस्त से शादी भी कर ली। आज ठाठ से बहरीन में है!" वाक्यों को चबा-चबाकर उगलते हुए द्विवेदी लगातार उसके चेहरे पर नजर गड़ाए था।

'छन्न!' तपते तवे पर छिटकी बूँद-सी वह छटपटा उठी थी। सीधे-सीधे यह नहीं कहा द्विवेदी ने कि नौकरी बनाए रखना है तो...

उठने के लिए कुर्सी को झटका देकर पीछे खींचा था। थप्पड़ वह मार नहीं सकती थी, न पेपरवेट उठाकर सिर ही फोड़ सकती थी। कुछ भी करने की रोक नहीं थी मगर कुछ कर गुजरने की ताकत तो स्वयं में होनी चाहिए न! स्वर भी इच्छा के विरुद्ध संयत था—'शुड आई गो?'

"ओ! श्योर, श्योर प्रीति!" जैसे कह रहा हो—ऑल द बेस्ट! सूली तैयार है!

कहाँ आ खड़ी हुई है वह?

हजार रुपये की नौकरी आसानी से हाथ नहीं लगती। इसे पाने के लिए भी तो इतना बड़ा झूठ शर्त थी; हालाँकि यह झूठ उसके लिए गलत नहीं था। लिखते हुए न झिझक हुई थी, न किसी प्रकार का भय। खुद के लिए यही महसूस होता रहा। मगर पर्सनल डिपार्टमेंट को उसके मामले से क्या वास्ता!

"सो गई, बिट्टो?" अम्मा ने पुकारा।

"नहीं तो!" आँखें खोल उनकी तरफ करवट भरी।

रुद्राक्ष की माला अम्मा सिरहाने दबाती हुई बोलीं, "कढ़ी बनी थी रे साँझ। तेरे लिए बाहर ही रख छोड़ी है। उठ तो...गरम करके ले आती हूँ।"

"रहने दो।" उसने अनिच्छा जाहिर की। मन सचमुच नहीं हो रहा था।

"तू उठ तो। दोपहर में तो कह के गई थी कि आज कढ़ी बना सको तो... अब क्या हो गया?" वे रसोई में चली गईं।

क्या कहे उनसे कि क्या हो गया! बता दे गोयल की हरकत? बड़ा पक्ष लेती रहती हैं न...पर उनका भरोसा भी नहीं। क्या पता, यही कह दें कि ठीक तो

किया उसने। तू ऐसे थोड़े आनेवाली है रास्ते पर। हो सकता है, नाराज भी हों।

पर ख्वामख्वाह परेशान क्यों करे! उसका दिमाग तो खराब हो ही उठा है... वैसे भी उसकी खातिर रात-दिन हैरान रहती हैं।

तब?

'लेट मी नो अबाउट योर डिसीजन?'

डिसीजन?

क्या डिसीजन है उसका? क्या हो सकता है? जो स्थिति आज है वही कल होगी, परसों...और वही....वह चैन से नहीं बैठनेवाला। उठकर अपनी मेज पर आ गई।

पैड और पेन ले त्यागपत्र लिखने बैठ गई। त्यागपत्र में उसने पर्सनल डिपार्टमेंट के समक्ष अपने झूठ की स्वीकारोक्ति की और क्षमा माँगी।

ऊपर पर्सनल ऑफिसर का नाम लिख, पत्र लिफाफे में बन्द कर अपने बैग में रख लिया। कल खुद ही जाकर पहुँचा देगी।

दूसरा खत गोयल को लिख डाला। लिखे बगैर रह नहीं पा रही थी।

'तुम्हारा षड्यन्त्र सफल रहा। विद अ बॉटल ऑफ शैम्पेन सेलीब्रेट कर डालना। तुम्हारी जिन्दगी में औरतों की कमी नहीं है। सेल्स एक्जीक्यूटिव हो न! हर स्टेशन तुम्हें कम्पनी देता है...फिर भी, मैं कहीं-न-कहीं, किसी-न-किसी रूप में तुम्हें उद्विग्न कर रही हूँ। यह जितना स्वीकार तुमने मुझे करवाया है, खुद भी कर रहे हो। जाहिर है, मैं तुम्हारे लिए चुनौती हो रही हूँ।'

क्यों बेवकूफी पर उतर रही है? क्यों लिख रही है यह सब? अनजाने महत्त्व नहीं दे रही क्या गोयल को? गलतियाँ हो नहीं जातीं, जान-बूझकर दोहराती है। खत पाकर खुश ही होगा—विजयी भाव से मुदित हो। यही तो तात्पर्य है उसका। मारो साली को। तिल-तिलकर मारो। कोंच-कोंचकर मारो...और फिर भी लिख रही है। यह उसकी जीत की बधाई होगी या अपने लूले-लँगड़े होने की सूचना?

छिह! छिह!

पूरा पन्ना पैड से जुदा हो मुट्ठी में गुड़मुड़ा गया।

ऐसी की तैसी! दाँत भींचे उसने।

उठकर टहलने लगी। विरक्त भाव को लपेट। एक पत्रिका के फड़फड़ाते पन्नों से ध्यान बँटा। पंखा फुल पर चल रहा था।

अँधेरे में हाथ बढ़ा रेगुलेटर एक पर कर दिया। पंखे का आधा हिस्सा बाईं दीवार से सटे टेबिल लैम्प के अर्द्धवृत्त उजाले में धीमे-धीमे गुजरने लगा। डैनों की परछाइयाँ कितनी लम्बी हो दौड़ रही हैं!

अँधेरे में ही अम्मा के आँचल-ढके चेहरे पर दृष्टि ठहरी। ठहरी ही रही डबडबाहट उमड़ आने तक। पलकें ढाँप लीं। संयत हुई तो आहिस्ता से अपनी अलमारी खोली। ऊपरी खाने में तहाये हुए कपड़ों के नीचे उँगलियों ने डायरी टटोल ली।

मृत्यूपरान्त खाली-खाली क्षणों में उसने मोना को तमाम खत लिखे थे। कभी दर्ज हुआ एक खत खुल गया।

'मोना! कल शाम को हमेशा की तरह लगा कि तुम्हें प्रॉम में बैठाकर सड़क पर निकल जाऊँ और चौराहे से सटे उस तिकोने पार्क में सूरज डूबने तक घुमाती रहूँ। याद है, अँधेरा होते ही बीचोबीच बने उस वृत्ताकार फव्वारे से सतरंगी प्रकाश-किरणें फूट पड़ती थीं। भीगती-सिहरती। तुम प्रॉम छोड़ गोद में चढ़ आतीं और लटककर अपनी नन्हीं-नन्हीं हथेलियों से उन्हें छूने को मचलने लगतीं। तुम्हारी फ्रॉक नमी से भर उठती। मगर तुम्हारी जिद होती कि मैं तुम्हें वहीं लिए खड़ी रहूँ। तुम्हारी आँखों की किलकारियाँ उन धुआँ-धुआँ फुहारों से किस कदर खेलतीं!

'मोना! प्रॉम को मैंने फव्वारे की रेलिंग से सटाकर खड़ा कर दिया था। तुम्हें गोद में उठा लिया था। लेकिन...तुमने हमेशा की तरह मचलकर फुहारों के धुएँ को मुट्ठियों में भरने के लिए हथेलियाँ क्यों नहीं बढ़ाईं...'

आगे नहीं पढ़ सकी। अकुलाहट पिघलने लगी थी। हिचकियाँ तेज हों, उससे पहले वह उठकर गुसल की तरफ बढ़ ली। अम्मा झपकियों में सोती हैं। जग गईं तो जाप करते रात बीतेगी...

सुबह उसे जल्दी तैयार होती देख अम्मा ने पूछ ही लिया, "शिफ्ट बदल गई है क्या रे?"

"नहीं तो। जरूरी काम है जरा। अभी घंटे-डेढ़ घंटे में लौटकर आती हूँ।"

काम क्या है, यह पूछने की इच्छा हुई उनकी। पर टोका-टाकी उसे पसन्द नहीं, यही सोचकर इच्छा दबाकर बोलीं, "जाने से पहले जरा अपने भैया से मिल लेना। कह रहे थे, कोई जरूरी बात करनी है। शाम को तो तू मिलेगी नहीं।"

"कोई खास बात है?"

"कुछ बताया तो नहीं।"

बालों को ब्रश से 'सर-सर' झटकते हुए खयाल आया, पिछले हफ्ते से तकरीबन एक दफा भी भैया से भेंट नहीं हुई। सुबह सोकर उठती है तो ग्यारह बज रहा होता है। वे दफ्तर के लिए निकल चुके होते हैं। रात लौटते ढाई बजते हैं। वे गहरी नींद में सो रहे होते हैं।

अनुमान नहीं लगा सकी कि वास्तव में बात क्या हो सकती है। शायद किसी नौकरी के सिलसिले में बात करना चाहते हों। यह नौकरी उन्हें पसन्द नहीं है। भाभी ने भी कुछ रोज पहले बातचीत में संकेत किया था कि ये एकाध जगह बातचीत चला रहे हैं। अगर ऐसा होगा तो उसे तिनके का सहारा मिल जाएगा।

भैया ड्रेसिंग टेबिल के सामने मूढ़े पर बैठे शेव कर रहे थे। शीशे के भीतर से ही वह दिख गई। उसे बैठने का आदेश देकर वह आफ्टर-शेव लोशन हथेलियों में मलकर दाढ़ी पर छपछपाने लगे।

भाभी कपड़े वगैरह निकालने भीतर आईं। चाय के लिए पूछ बैठीं। भैया चाय नहीं पीते मगर अपने लिए भी कह बैठे।

पलंग की पाटी पर बैठी वह चौकन्नी फर्श को घूरती रही। भैया बातें कम करते हैं। जो कुछ कहना-सुनना होता है, नपा-तुला, संयत होता है। मसला चाहे विस्फोटक ही क्यों न हो।

मसलन—उसके और गोयल के तनाव को लेकर न वे कभी भावावेश में आए, न उन्होंने अपना कोई निर्णय ही लादा। उनका एक निश्चित रवैया रहा कि कमजोरियाँ कमोबेश हर शख्स में होती हैं। उसमें भी हैं, तुममें भी हैं। अपनी-

अपनी लेकर अड़ जाने से बात नहीं बनती। थोड़ा-थोड़ा झुकने से रास्ता निकल आता है। अपनी गलतियाँ उसने महसूस जरूर की हैं। तुझे वापस बुलाने की खतो-किताबत...सॉर्ट ऑफ रियलाइजेशन ही है वरना दूसरा ब्याह कर लेना उस जैसे आदमी के लिए कोई कठिन नहीं...जबकि तुम्हारी तरफ से तो उसे छूट मिली ही हुई है।

भैया के इन मुरदा तर्कों ने उसे कभी ढाढ़स नहीं दिया। बल्कि अपने प्रति यह उसे एक ठंडा रवैया ही लगा। भूले-भटके अगर उन्होंने आज यही सब दोहराया तो यह तय है कि बड़प्पन का लिहाज छोड़ वह कुछ बर्दाश्त नहीं करेगी। अब वह किसी भी फैसले के लिए प्रस्तुत है।

चाय खामोशी में ही खत्म हुई। उसकी बेचैनी चरम पर थी। द्वन्द्व कुछ अधिक गहरा प्रतीत हुआ। रहा नहीं गया।

"बुलाया था, भैया?"

"हाँ, तूने तो सेपरेशन के कागजात भिजवाये थे वे..."

कनपटियाँ गरम होने लगीं। धड़कन 'धब्ब-धब्ब' उछलने लगी। क्षण-भर पहले का साहस निचुड़ गया तो...

"गोयल ने वे बिना दस्तखत के मेरे पास वापस भेज दिए हैं। साथ लम्बा-चौड़ा खत है। किसी भी तरह की आपसी साझेदारी से विच्छेद के लिए वह राजी नहीं है। तुम्हें लौट जाना चाहिए, यही दोहराया है। साथ जलील भी किया है हमें। तेरा होटल में काम करना उसे चकले की नौकरी लगती है। यह आरोप भी लगाया है कि उसकी सामाजिक प्रतिष्ठा पर कीचड़ उछलवाने तथा बहन की कमाई से गुलछर्रे उड़ाने का यह मेरा षड्यन्त्र है। शह है। उनकी फैक्टरी के चीफ इंजीनियर किसी सेमिनार के सिलसिले में मुम्बई आए थे। तुम्हारे होटल में ही ठहरे थे। तुम्हें देखकर पसोपेश में पड़ गए। गोयल को यह सब बड़ा अपमानजनक लगा।"

भैया का क्षुब्ध चेहरा नहीं देखा। स्वर में आक्रोश स्पष्ट था—गोयल के भर्त्सना-भरे वाक्यों ने गहरी चोट की थी।

"कमीना आदमी है! किसी भी हद तक उतर सकता है। तुम क्या, कोई भी उसके संग निबाह नहीं सकता। मुझे बस इतना ही कहना है। निश्चिन्त होकर

नौकरी करो। अच्छे-अच्छे घरों की लड़कियाँ काम करती हैं होटलों में। एंड इट्स अ वेल-पेड जॉब। स्पष्ट लिख रहा हूँ उसे—तुम्हारे लौटने की बात निकाल दे दिमाग से।"

यन्त्रचालित-सी उठ खड़ी हुई, "चलती हूँ।" जवाब की प्रतीक्षा किए बगैर सहन पार कर वह दरवाजे की ओर बढ़ गई। एक झटके में किवाड़ खोल बाहर आ गई।

कल तक भैया की दृष्टि में गोयल कमोबेश सही व्यक्ति था। जो कुछ टूटा, उसका दोष विभाजित था। इसलिए भी उसकी तरफ ठंडा रुख अख्तियार किए रहे और जब गोयल ने उन्हें भी घसीट लिया तो तटस्थता का मुखौटा चढ़ाए नहीं रख सके। आज उनका अपमान-बोध, उसके ही कन्धों को माध्यम बना, अपने प्रतिद्वन्द्वी को पछाड़ने की व्यूह-रचना कर रहा है। वह क्या है? मात्र दोनों ही पक्षों की प्रतिष्ठा? या दाँव? उसकी छटपटाहट उन्होंने कब महसूस की? महसूस करना भी चाहते थे क्या? जतिन की सलाह उन्हें कितनी अपरिपक्व और बचकाना लगी थी—बेहतर होगा कि 'लेट हर स्टैंड हर ओन फीट!' और उन्होंने तिक्त स्वर में कहा था, 'यूँ निर्णय होते हैं? लिए जाते हैं?' आगे जतिन ने बहस करना उचित नहीं समझा था। तटस्थ रहना अलग बात है, मगर उसे भैया का रवैया अविवेकपूर्ण लगा था।

अन्तिम मोड़ की सीढ़ियाँ उतरते-उतरते ठिठक गई। कहाँ-कहाँ से भागेगी? गोयल के लिए नौकरी छोड़ दे? लौट जाए? भैया के लिए करती रहे? द्विवेदी! द्विवेदी तो हर दफ्तर के केबिन में मौजूद हो सकता है। लड़ाई खुद की है, फिर? कोई अन्त है?...कोई अन्त नहीं...उसके हिस्से में नहीं। तो जूझने की चुनौती क्यों न स्वीकारे? मोहरों-सी क्यों इस्तेमाल हो? त्यागपत्र निकालकर उसने चिन्दी-चिन्दी कर डाला।

मुड़ी। खट्-खट् बदहवास-सी जीना चढ़ने लगी।

(1980)

केंचुल

दोनों हथेलियाँ कमर पर टिकाए उसने कुपित दृष्टि से सिद्धू को देखा। उसकी कोपदृष्टि से अनभिज्ञ सिद्धू दो-तीन छोकरों से घिरा कंचे का निशाना साध रहा था। खेल में उसकी इस एकाग्रता ने उसे और भन्ना दिया। दाँत किटकिटाते हुए बड़बड़ाई, "अक्खा दिन मस्ती! घर की फिकिर है हलकट को!" बानी की दुकान के ओटले पर चढ़ गई। वहीं से हाँक लगाई, "ये मेलया! बन्द कर तेरा गोटी-बोटी...नल आया रे, पड़ लवकर...लाइन लगा के रक्खी मैं।"

आशा के विपरीत पहली ही पुकार में सिद्धू ने कमला की तरफ गरदन घुमाई। अन्देशा ही था। नल आने का समय हो रहा है। उसकी पुकार मचने ही वाली है; पर एकाएक दाँव छोड़कर कैसे भागे? मुश्किल से तो उसका 'चानस' आया है। गोटियों से खीसा खाली हो गया है। उँगलियों के बीच निशाना साधती गोटी तनी हुई है। तय किया, 'चानस' नहीं छोड़ेगा। बगैर गरदन घुमाये हुए ही प्रत्युत्तर में उसने आलाप-सा भरा, "तू चल, बस अब्बी आता मैं।"

कमला इस ढिठाई से और चिढ़ गई। लगभग चीखी, "ये...आता-बीता कुच्च नईं, लगेच लौउट, नईं तो देऊँ आके एक थोबड़े पर! सिद्धा नल पे जा, कोई लम्बर इद्दर-उद्दर किया तो कऊन टंटा करेगा, हलकट!"

तम्बाकू होंठों में दबी हुई थी। 'पिच' से पीक थूकी और 'थू' 'थू' करके लुगदी उगली। पीछे मुड़कर क्षणांश को बानी पर नजर डाली। गिराकों में व्यस्त बानी उसे देख मुस्कराया—"जाएगा, जाएगा।"

फिर एक कमॉठी को दस पैसेवाली 'ब्रुक ब्रांड' की चाय की पत्ती का पैकेट थमाते हुए बोला, "दुप्पर से इदरीच खेलता। फिकिर नईं होती तेरे को!"

चेतावनी-सी दी कमला को, "सँभाल, हाँ! नईं तो ये पन तेरे को रत्नू का माफक एक रोज धक्का देगा।"

"मरने दे। किसको-किसको सँभालूँ, बोल?" चेहरा घुमाकर सिद्धू को ताका। वह गोटी छोड़-छाड़कर नल की ओर सरपट भागा। इत्मीनान से बानी की तरफ मुड़ी, "अपना पेट भरने के वास्ते क्या मैं अक्खा दिन रखड़ती? हरामी नईं समझते तो!"

ओटला उतरकर अपनी गली में मुड़ने लगी तो एकाएक खयाल हो आया, माल के बारे में पूछ ले। पलटी और नीचे से ही आवाज लगाई, "गुड़ आया, बानी?"

"सुब्बू नबकीच आएगा। नौ बजे तलक सरना को भेजना, पारी भेजूँ?"

"ड्रम गड़ता क्या मेरे इदर? फकत दस किल्लो भेज। अऊर सुन।" स्वर को थोड़ा तरेरा—"वजन बरोबर करना हाँ, बोत डांडी मारने कू लगा तू।"

चलते-चलते यह भी बता दिया कि, 'सरना को बकत नईं, विष्नू को भेजेगी, नईं तो मैं खुदिच आयेगी।'

'सरना को भेज? हुँ-हुँ!' नाली के पसरे बोदे को टाँग पसारकर लाँघती हुई बड़बड़ाई—'शेंडी लगाता हरामखोर! सब समझती मैं। चानस खोजता है।'

सरना तब फेरी के लिए नहीं जाती थी। उसके काम में मदद करती थी। चाहे सौदा-सुलफ लाना हो, गिराकों को बाटली भरकर देना हो, चाहे बानी के यहाँ से 'माल' लाना हो। एक रोज अड़ गई—'मेरे को नईं जाने का बानी की दुकान पर। मैं नईं जाएगी गुड़ वजन करवाने। बापू को भेज, नईं तो सिद्धू को भेज।'

कमला को लगा, लड़की कामचोरी दिखा रही है दस-पन्द्रह किलो वजन उठाने के डर से। अभी तक तो लाती थी। यह अचानक क्या चढ़ गया मगज में? सिद्धू अभी बहुत छोटा है। विष्नू को भेजते डरती है। लायेगा आठ किल्लो और बोलेगा दस। कितने चक्कर लगाएगी बानी के—यह पूछने-भर के लिए की कि कितना माल ले गया? उसे सुबह-सुबह ही भट्ठी सुलगानी पड़ती है। बाहर निकले तो माल बनाने का बाँदा। टालमटोल से पारा चढ़ गया। भौंहें माथे से जा लगीं। नथने फूल गए। सीधा गाली निकली, "कामचोर

राँड़! काय को नई जाएगी? बइठ के घानी खाने कू माँगता है!"

"एकलीच खाती है?"

"खाते तो सब, पन काम के वास्ते ना बोलने से चलता?" कमला थोड़ी विनम्र हुई।

"बाकी सब करेगी, फकत बानी की दुकान पर नई जाएगी।"

"पन काय को नई जाएगी?"

"बोला ना! बस, नई जाएगी।"

लपककर उसने फर्श पर उकड़ूँ बैठी सरना के चेहरे को ठुड्डी से उचकाया और एक जोरदार झापड़ रसीद कर दिया, "दस किल्लो उठाने के पिच्छू ये नखरा! हाँ! मैं एकलीच मरूँ अक्खा दिन! ऊपर से दादागिरी...नई जाने का...हाँ! बोल, जाती कि नई?" उसने पंजा ताने हुए चेतावनी दी।

"जो मँगता वो कर, पर मैं नई जाने की माल लाने। गन्दा-गन्दा बात करता वो मेरे से।" रोते-रोते सरना चीखी।

"हलकट मेली!" कमला बाई उसके ढीठपने से एकाएक बौरा उठी, "तेरा बाप सरखा है। क्या गन्दा-गन्दा बात किया तेरे से? बोल? बोल न, नई तो मुंडी तोड़कर रख देगी।" सरना के सिर के बाल उसकी मुट्ठी में भिंचे हुए थे। चेहरा छत की ओर तना हुआ था—कसा।

"बोलूँ?"

"बोल न!" उसने मुट्ठी समेत बालों को झटका।

सरना झटके के साथ ही 'अइया' करके चीखी। कमला ने खींच थोड़ी ढीली की तो सरना बोली, "बोलता..."

उसके अटकते ही कमला फिर खौखियाई, "नाटक करती?"

"बोलता...बोलता...मेरे पिशाब कू हाथ में पकड़...अठन्नी देगा तेरे को।"

झिझकते हुए सरना ने वाक्य पूरा किया।

वह सनाका खा गई। बाल हाथ से छूट गए।

"गिराक पन नई सुबू..." सरना ने गिरफ्त से छूटे हुए अपने सुबकते चेहरे को घुटनों में छिपा लिया।

आँखों में खून उतर आया जैसे पूरी बाटली एकबारगी हलक में उतार ली हो। घुटनों में मुँह दिए बैठी सरना पर बगैर नजर डाले वह खोली से बाहर हो

गई। रास्ते में भुनभुनाती रही—'देखती भड़ुवे को। बेटी सरखी छोकरी के संग ऐसी गलीज हरकत! थूह!' पिच से उसने अपने दाहिने तरफ पड़ रही बिना प्लास्टरवाली रामरती की चाल पर थूका। पांडे की बाकड़ेनुमा पान की दुकान को लक्ष्य कर थूका। गोबर-पुते वागले मोची के झोंपड़े पर थूका। मन-ही-मन तय कर लिया कि ठीक ऐसे ही वह बानी की गल्ले ठुस्सी दुकान पर थूकेगी और बानी के सामने पहुँचकर उसके पपीते जैसे लम्बोतरे चेहरे पर थूकेगी।

तनतनाती हुई दुकान का ओटला चढ़ ही रही थी कि बानी की दृष्टि उस पर पड़ गई।

"आओ, आओ, कमला सेठानी। माल बरोबर था न कल का? मेरठ का गुड़ है।" लहकदार स्वर में स्वागत किया उसने।

स्वागत-भरे स्वर को झटककर वह शुरुआत में ही चुनी हुई बिस्किट, चॉकलेट की भरनियों पर थूकने की तैयारी में झुकी।

"चॉकलेट मँगता क्या सिद्धू के वास्ते?" बानी के पूछते ही एक-ब-एक चेहरा सीधा हो उठा। गले से रिरियाती-सी आवाज फूटी, "दस पैसे की पंढरपुरी दे।"

थूक गले में ही घुटक गई।

"बस्स!" बानी तम्बाकू की पुड़िया गठियाते हुए कनपटियों तक फैलकर मुस्कराया, "अऊर कुछ?"

"नई।" अपने स्वर का उतरापन खुद पर कटाक्ष करता लगा। क्या हो गया तेरे को? सहसा भीतर जकड़ दी गई और असहाय कमला ने सिर उठाया। फिस्स पड़ गई सामने होते ही। बस्स!...अरे, अभी भी मौका है। गिराकों की गरदी भी दुकान पर है। कर दे नंगा इस भड़ुवे को। थूक दे थोबड़े पर। माँ-बहन को पकड़ाये न साआलाऽऽ....

पर कुछ नहीं हो पाया। भीतर जकड़ दी गई कमला को अनसुना ही रहने दिया उसने। चेतना ही जैसे जड़ हो गई। मात्र हाथों ने हरकत की। तम्बाकू की पुड़िया आगे बढ़कर ले ली बानी से। ओटला उतरने की भी ताकत चुक गई थी। शरीर को लगभग घसीटते हुए घर की तरफ मोड़ा।

किसके बूते पर लड़े? अपने? एकली अपने? ताकत है लड़ने की? मजाल थी कि बानी की छीछालेदर किए बगैर ही लौट पड़ती? पर लौटती कैसे न! बानी के एहसान जो छाती पर लदे बैठे हैं। कैसे कुलबुलाने लगे थे जैसे ही वह थूकने को तत्पर हुई!

जरूरत पड़ने पर दौड़ती तो उसी के पास है। खूब जानता है उसका कच्चा-चिट्ठा। कहलाने को सेठानी है। टेंट हमेशा ही बिसूरती रहती है। कच्चे माल के लिए कभी रोकड़ा कम है, तो कभी हफ्ता पूरा नहीं हो पाता कि उगाही करने, खीसें निपोरते हुए हवलदार आ टपकता है। पिछली बरसात की घटना ताजा हो गई। खोली के कवले बदलवाने थे। तीन-चार सौ की मोटी रकम ढीली किए बगैर छत की टपकन को रोकना सम्भव नहीं था। फल्लियाँ भी लटक आई थीं। हर वक्त अन्देशा बना रहता कि कहीं एकाध फल्ली टूटी तो कवले दो-चार गिराकों को सोनापुर पहुँचाकर ही दम लेंगे। बानी ने सुना तो फौरन तसल्ली दी कि काम शुरू कर ले। दो-एक दिन में कुछ और वसूली साध लेगा तो काम पूरा करा देगा...

खोली में घुसी तो पाया कि सरना आँखें मूँदे लादी पर चित पड़ी है। आँखें जरूर मुँदी हुई थीं पर सोई कतई नहीं थी। पुतलियों की हरकत से आभास हुआ। कमला को लगा, बन्द पलकों को चीरकर एकाएक सरना की पुतलियाँ उछलेंगी और 'पिच' से उसके मुँह पर थूक देंगी। वहाँ से हट ली। गिराकों वाली खोली में आकर बैठ गई।

उस रोज से तय कर लिया कि न सरना को बानी की दुकान पर भेजेगी, न धन्धे पर ही मदद लेगी। वैसे भी दारू का धन्धा उसे पसन्द नहीं था। कुछ दिनों से सरना कह भी रही थी कि पड़ोस की रुकमनी ताई की तरह वह भी पालक, मेथी, सोवा की फेरी करना चाहती है। अगर वह उसे मंजूरी दे दे तो वह लोकल पकड़कर भायखल्ला मार्केट खरीदी के लिए निकल जाया करेगी। यह भी कहा सरना ने कि रुकमनी ताई ने बिक्री के प्रति उसे बेफिक्र रहने को कहा है। अपने से बगलवाली कॉलोनी उसे पकड़वा देगी। बँधेले गिराक मिल जाएँगे। बिल्डिंगवाले हरी साग-सब्जी खरीदते भी खूब हैं। ताजा सब्जी के नाम पर बस पालक-मेथी की जुड़ियों से ही मन को सन्तुष्टि देते हैं। उसे आश्वस्त भी किया कि चार घंटे की मेहनत के पिच्छू तीन-चार रुपयों का मुनाफा कम थोड़े ही है। शाम को मैं टेशन रोड पर पाटी लगाएगी। कुछ-न-कुछ तो उदर पन मिलेगा।

दूसरे रोज ही उसने सरना को लोकल का पास निकलवा दिया और माल खरीदने के लिए पन्द्रह रुपये टिका दिए थे। सरना गले से झूल गई। अच्छा लगा था उसे—चलो, छोकरी तो अच्छे काम से लगी।

सरना की मेहनत ने उसे दंग कर दिया। दिन-भर खटती। सुबह फेरी, शाम

को टेशन रोड पर पाटी। न उससे एक पैसा अपने खर्च के लिए लेती है, न कमला कभी उसे फिजूल खर्च करता हुआ ही पाती। उलटा उससे पूछ और लेती कि अगर उसे जरूरत पड़े तो उसकी गुल्लक से पैसा निकाल ले। वह नहीं लेती, यह अलग बात है। जरूरत तो हमेशा ही मुँहबाये खड़ी रहती है।

कुछ हफ्तों पहले की घटना स्मरण हो आई। तब यह नहीं पता था कि कल्पू से उसका इतना चल रहा है। अब सारी बातों का तालमेल बैठाती है। जरूर उसके साथ ही दादर गई होगी। अकेले दुकान पर जाकर कुछ खरीदना उसके बस का रोग नहीं था। जब भी कुछ लेना होता, उसके जी को पड़ जाती। अन्दर पहनने वाली बाजार की लेनी थी तो उसे टेशन रोड साथ ले गई थी। दुकानवाले ने पूछा था कि कितने 'लम्बर' की चाहिए तो सिर नहीं उठाया गया था उससे। कमला ने अन्दाजा बताया था।

फेरी से लौटी थी तो पाटी उतारते-न-उतारते किलकी थी। एक बड़ा-सा डिब्बा उसे पकड़ा दिया था—"खोल के देख!"

उसने विस्मय से देखा था, "पन है क्या?"

"बोला न, खोल के देख।" उसके हैरान होने पर सरना हँसी से दोहरी होने लगी, "बिच्छू नईं डिब्बे में।"

पैकेट खोलते ही अवाक रह गई थी। डिब्बे में उसके मनपसन्द रंग की नौ-वारी (नौ-गजी) साड़ी थी सुनहले पाड़ की। साथ में था कत्थई रंग का खन का कपड़ा, चोली के लिए। स्तब्ध दृष्टि सहसा धुँधला आई थी। शरद-पूनो का ज्वार उमड़ आया और तहाई हुई साड़ी पर कई जगह बुन्दकियों में अंकित हो गया।

सरना की हँसी ठिठक गई। उसे महसूस हुआ कि उसके उपहार ने सहसा आई को किन्हीं पूर्व-स्मृतियों से जोड़ दिया है। किसी नासूर को कुरेद दिया है। तभी तो वह खुश होने की बजाय एकाएक अकुलाकर विचलित हो उठी है...

"चाय बनाती मैं।" कहकर वह निकट से उठ दी थी।

हाथ में साड़ी लिए कमला मिनटों तक वैसे ही बैठी रही। सरना को क्या अन्दाजा कि कहाँ ले जाकर पटक दिया था उसने!

नन्दू ने ऐसे ही तो एक शाम उसे डिब्बा थमाकर खोली की सिटकनी चढ़ा दी थी—'खोल के देख, कमला।' ठीक इसी तरह आग्रह करता रहा था। इसी तरह वह अचरज से भरी-भरी उससे पूछती रही थी कि आखिर डिब्बे में क्या है।

डिब्बे में बैंजनी फूलोंवाली वायल की छह-गजी साड़ी थी। पहनती वह नौ-वारी थी। पर नन्दू उस शाम कहाँ माना था! साड़ी अपने सामने ही पहनवाई थी। ठीक उसी तरीके से पहनवाई थी जैसे उसके मुल्कवाली औरतें पहनती थीं—सीधे पल्ले की।

सरना तब से बानी की दुकान पर नहीं फटकती। वह जरूर मौके-बे-मौके उसकी पूछताछ कर लेता है।

खोली पर पहुँची तो पाया, दो गिराक खड़े उसका रास्ता देख रहे हैं। पीना नहीं था, साथ ले जाना था। एक को पौवा दिया। दूसरे को अक्खी बाटली चाहिए थी। गिराक गए तो ओटले पर खड़े होकर नल की तरफ देखा। धुँधलका झम-झम करता बढ़ रहा था।

गिराकों की भीड़ आजकल रात में भी खास नहीं होती। बीच का महीना है। सात और दस तारीख के आसपास तो सँभालना मुश्किल हो जाता है। 'मजूरों' के ये पगार उठाने के दिन होते हैं। बीच के दिनों में धन्धा मन्दा रहता। फिर गर्मी चढ़ती है बीस तारीख के बाद। बीस को मजूर खर्ची उठाते। उधार उसके यहाँ चलता नहीं। इसीलिए उधारियों का रुख उसकी खोली की तरफ होता नहीं। पहले उधार बहुत चलता था; पर वसूली के लिए बड़ी मगज-पच्ची करनी पड़ती थी। पगार के दिन या खर्ची के रोज उन्हें घेरना पड़ता। मजबूरन उसने उधार देना ही बन्द कर दिया। इस निश्चय पर अमल करने के साथ ही बिक्री कम हो गई थी। पर अकेली जान वह क्या-क्या सँभाले? विष्नू के भरोसे तो कुछ भी नहीं छोड़ सकती।

तेरह साल हो गए विष्नू को घर बैठे। 'लिंक चेन' फैक्टरी में काम करता था। गृहस्थी जिन्दा रह सके, इतनी रकम वह दस को पगार उठाकर और बीस को खर्ची निकालकर थमा देता था। दारू तो पहले भी पीता था पर गृहस्थी का खयाल ताक पर रखकर नहीं। बाद में लत 'घरफूँक तमाशावाली' हो गई। खाड़े पर खाड़ा होने लगा। 'चार्ज शीट' मिल गई। एक दिन घर में बैठ गया। कमला से बोला कि अब नौकरी नहीं, धन्धा करेगा। बहुत कोशिश की कमला ने कि वह कहीं काम से लग जाए, मगर बात बनी नहीं। बाद में पता लगा कि नौकरी तो पहले भी नहीं करता था। शादी के लिए नौकरी लगवाई गई थी। सम्बन्धियों

में उसे कोई छोकरी देने को तैयार नहीं था। बदनाम बहुत था—मटका खेलना, चोरी-चपाड़ी करना, यही धन्धे थे विष्नू के।

चार बच्चों की जिम्मेदारी वह चार घर के भांडी-कटके से नहीं पूरी कर पा रही थी। देह से ताकत ही निचुड़ गई थी। जब से नन्दू नहीं रहा, चैन भटक गया था। सेठानियों से तकरीबन रोज ही तकरार होती कि बरतनों में जूठन लगा रह गया है, कि कपड़ों के कॉलर नहीं छूटते, कि अलमारियों के नीचे ढेरों कचरा छूट जाता है, कि मोरी में काई की परत गहरा रही है। तीस रुपये महीना फोकट के देते हैं!

तिमैया की अम्मा ने ऐसे में उसे घर में ही भट्ठी लगा लेने की बात सुझाई। बड़े अन्तर्द्वन्द्व में फँसी रही। दारू से ही घर की ईंटों में भसकन पैदा हुई थी। वही बतौर धन्धा अपना ले? तिमैया की अम्मा ने उसकी हिचक सुनी तो खिल्ली उड़ाई। सब उसकी तरह ऊँच-नीच सोचने लगें तो दुनिया में कोई धन्धा जिन्दा ही नहीं बचेगा। खटिया चलाने के लिए तो कह नहीं रही वह। सोच ले। इज्जत से करो तो सभी काम ऊँचे हैं।

सोच लिया। खोली में ही भट्ठी लगा ली।

ओटले से हटते ही बत्ती जलाने का ध्यान हो आया। पिछली बातों के उमड़ते सिलसिले को दिमाग से झटका। पहले गिराकोंवाली खोली की बत्ती जलाई, फिर भीतरवाली खोली में उजाला किया। देखा, चटाई से खिसककर विष्नू लादी के ऊपर मुरदे की तरह औंधा पड़ा है। इस स्थिति में उसे पड़ा पा पारा चढ़ गया। हिकारत से थूक देने को मन किया। आदमी है मुरदार? पीना, पीना, सिर्फ पीना। घर को फूँक डाला। उसकी जिन्दगी तबाह कर दी। उसकी की तो की, बच्चों का भी सत्यानाश किया हरामखोर ने। वह पेट के लिए जुगाड़ करने को हाथ-पाँव मारती रही और यह रत्नू को लेकर सत्तार की चाली में सुबह-शाम जुए में रमा रहता। पता तब लगा जब ताश खेल रहे मवालियों में किसी बात पर झगड़ा हो गया और उसी झगड़े में किसी ने भीग रही मसोंवाले रत्नू के पेट में छुरा घोंप दिया।

गोविन्दा! गोविन्दा को किसी बात पर धुनकी में इतना पीटा, इतना पीटा कि शाम को जो वह घर से भागा, आज तक लौटकर नहीं आया। कितना खोजा उसे। सबने कहा कि अखबार में फोटो निकलवा दो। पर फोटो कहाँ था उसके पास! बाद में उसने सरना और सिद्धू के तीन-चार फोटो निकलवाकर रखवा लिए थे।

सिद्धू और सरना को तो हाथ भी नहीं लगाने देती। मार-पीट पर आमादा हो उठती है। आज तक नहीं समझ पाई कि कैसा बाप है। न मरे को याद करता है, न भागे को झींकता है। औलाद के लिए इतना पत्थर कलेजा! पिच से थूक ही दिया औंधी देह पर। घृणा के उबाल पर संयम टूट गया। लात दी हुमक कर कूल्हे पर। स्वर ऊँचा नहीं था, किटकिटाया हुआ था, "उट्ठ भड़वे; उठ...गिराक आने का बकत है अऊर..."

विष्नू पर लात का कोई असर नहीं हुआ। चियाया पड़ा रहा।

मुट्ठी में बाल दबोच उसने कसकर झकझोरा उसे तब कहीं जाकर वह कुनमुनाया। सूजी, सुर्ख आँखें खोलीं। गुर्राया—"मगज तो नईं फिर गया तेरा साआ...ली...बोलने कू देता तो खोपड़ी पर चढ़ती!"

"गिराक को कौन निबटाएगा, तेरा बाप! हेय? अजुन तलक गिलास-बिलास पन बिगर धोएला पड़ा है। सिद्धू को नल पर भेजा...मैं इच करूँ सब?"

"ये। जास्ती बड़बड़ नईं...गप्प बस।" विष्नू ने घुड़का और उठकर खड़ा हो गया। जमुहाई भरते हुए शरीर को ऐंठन देकर तोड़ा। फिर मोरी पर जाकर, टंकी की टोंटी खोलकर चेहरा छपछपाने लगा।

सिद्धू सिर पर दोनों हंडे उठाए, बीच के दरवाजे पर पड़े छींट के चीकट परदे को एक ओर सरकाते हुए, तनिक झुककर भीतर दाखिल हुआ। खुश हो गई। थाली में चावल चुनने के लिए निकाल लिया था। एक ओर सरकाकर लपकी। "हलु-हलु!" टंकी का ढक्कन आधा सरकाकर ऊपरवाला हंडा उलीचा। फिर दूसरा भी खाली किया। टोंटी टपकने लगी। ठीक से कसा उसको। पानी कितनी दिक्कत से मिलता है!

सिद्धू खाली हंडे उठाकर उछालता हुआ वापस नल की ओर भागा। विष्नू ने अँगोछे से मुँह रगड़ा और जाँघें खुजलाता हुआ परली खोली में चला गया।

वह पाटा खींचकर स्टोव के करीब बैठ गई।

फटाफट चावल धोकर चढ़ाया। सोचा, सालन भी लगे हाथों बनाकर रख दे। गिराक आने पर भले विष्नू उनसे निबटता रहे, पर उसका उनके बीच मौजूद होना बहुत जरूरी होता है। कई दफे विष्नू खुद भी उनके बीच गिलास लेकर

बैठ जाता है। कई दफा अपने कुछ दोस्त बन गए गिराकों को उधार भी पिला देता है। वह सामने रहती है तो थोड़ा दबा रहता है। नकचढ़ा तो इस हद तक कि कब बात-बेबात पर गरमा-गरमी कर बैठे, डरती रहती है। इतना जरूर है, अपना रोब-दाब उसने कुछ इस तरह कायम कर रखा है कि लाख गिराक टुन्न हो रहा हो, उसका कहना नहीं टालता।

झींगा बहुत पसन्द है सरना को; गोविन्दा को भी बहुत पसन्द थे। जब कभी झींगा लाती थी, वह उसके साथ बैठकर साफ करवाने लगता था।

पाँच बजे के करीब 'मच्छी मारकेट' गई थी। कोलबी (सूखी मछली) तो पड़ी है घर पर; पर किसी को मन से नहीं भाती। सोचकर तो गई थी कि बहुत दिन हो गए हैं, सीपियाँ लाएगी; पर झींगा कॉफी बड़ी-बड़ी व ताजा दिख गईं। सरना का खयाल हो आया। हालाँकि आजकल सरना दस-साढ़े दस बजे से पहले नहीं लौटती। ग्यारह भी बज जाता है। कभी-कभी न खाने के लिए पेटदर्द का बहाना भी बनाने लगी है। कहाँ तो नौ-साढ़े नौ के दरम्यान खोली पर पाटी उतारते-न-उतारते बोमा-बोम करने लगती कि भूख लगी है।

रुकमनी ताई ने ही उसे सबसे पहले खबर दी थी कि तेरी सरना का एक भइए के साथ गुपचुप चल रहा है। टेशन रोड पर ठीक उसकी बगल में वह भी बटाटे-काँदे की ढेरी लगाता है।

सुनते ही सुलग गई। पर चुपचाप मामला गुटके रही। मौके की ताक में है। या तो सरना को रंगे हाथों पकड़े या सरना खुद ही उससे आकर बताए। देर से आने के तो वह पचासों बहाने बना सकती है। बनाने भी लगी है।

अब चोटी नहीं, जूड़ा बनने लगा है और सेवन्ती की वेणी या मोगरे का गजरा हर रोज जूड़े पर टँकने लगा है। सुबह फेरी से लौटती तो गजरे की दो लड़ें पत्ते में बँधी होतीं। सलीके से उन्हें भीगे कपड़े के टुकड़े में लपेटकर टंकी के ढक्कन के ऊपर रख देती ताकि शाम तक कलियाँ ताजी बनी रहें।

एक दिन खुद ही बोली, "मैं देर से आती तो तू घबड़ाती तो नईं न?"

कमला चौकन्नी हुई—"दस-ग्यारह बजे घर लौटने का टेम हैय?" स्वर को भरसक संयमित रखा। सयानी लड़की से गरमा-गरमी करना ठीक नहीं। उसे तो जाने क्या हो गया है। तुरन्त माथा फिर जाता है। फिर आजू-बाजू की छोकरियों के लच्छन देखते हुए सरना उसे कभी बेरास्ता नहीं लगी। यह भी अच्छी तरह

जानती है कि लड़की उसकी है—खूब जिद्दी और मानिनी। बात निकालेगी तो झूठ नहीं बोलेगी।

"ढेरी तो नौ बजेच उठने को लगती। पन..."

"कल्लू पेला टिंबी पाड़ा को जाता। उदर उसका खोली हैय। मैं पन साथ जाती। थोड़ा उसका खाना-पीना करती...पिच्छे वो मेरे को छोड़ने को आता।"

"देवा, देवा!..." उसकी त्यौरियाँ चढ़ गईं।

"विष्नू को पत्ता लगेगा तो तेरे को साबुत सोड़ेगा?"

सरना ने बात काटी—"मँगता, वो करने दे।"

ढिठाई की भी हद होती है। इतनी हिम्मत?...नन्दू से जब वह मिलती थी, न किसी को कानोकान खबर होती, न पूछताछ होने पर सच्चाई ही उगलती। कनपटियों में आग चढ़ गई। दादागिरी तो देखो, लाज-बीज कुछ नईं! तभी तो हरामखोर रात को खाना भी ढंग से नहीं खाती। दिखाने के लिए मुश्किल से एक चपाती निगलती। उसकी भी गुंजाइश न हो तो खोली में घुसते ही पेट में दर्द उठने लगता है!

"हलकट!" दाँत किटकिटाते हुए बालों का जूड़ा दबोच लिया उसने और दूसरा हाथ 'तड़-तड़' चलने लगा।

"खोली पर जाती...क्या-क्या नईं करती होएगी तू! हाँ...मूँ काला किया न मेरा! बोत तन के चलती न मैं...मिट्टी किया न आबरू...खलास करके सोड़ेगी उस साआले भइए के बच्चे को..."

विष्नू आ गया था बीच में। उसको बाहर कर दिया, "तू जा, तेरा मतलब नईं।" अपने बाप की याद आ गई थी एकाएक।

उसमें थी यह दृढ़ता? नन्दू कितना पीछे पड़ा था। कहा करता, बस तू हाँ बोल दे, कमला! बाकी मामला मैं सँभाल लूँगा। तेरे बाप की दादागिरी धरी रह जाएगी। बहुत फौजदारी की है अपने गाँव-जवार में! पर उसकी हिम्मत नहीं पड़ी। न उसने कभी नन्दू को बाप से मिलने ही दिया।

पता नहीं कैसे बाप को भनक लग गई थी कि वह नन्दू के तबेले पर जाती है, उसकी खोली पर मिलती है। एक रात शिब्बू दादा को उसने बाप के साथ बाटली खोलते देखा तो सनकी। शिब्बू दादा से एकाएक जोड़-गाँठ! उसकी

आशंका सही थी। कई बार उनकी बातचीत में नन्दू का नाम आया। मामी भी आई थी। उनके साथ ही बैठकर पी रही थी। उसके मुँह से भी नन्दू का नाम साफ सुना। अनिष्ट की आशंका से कलेजा काँप गया।

बाप के लिए ही फूफी के मुँह से सुना था, आई को घासलेट डालकर जलाने की कोशिश की थी। उस दिन तो वह बच गई मगर गुड़ी पाड़वा के दिन अपनी प्राणरक्षा न कर पाई। दरिया में डूब नहीं गई थी, डुबो दी गई थी..."तेरे बाप ने डुबोया था।"

सुबह मामी के सामने ही बाप के कहे अनुसार कसम उठा ली कि आइन्दा वह नन्दू से नहीं मिलेगी। मिली भी नहीं। नन्दू इधर-उधर उसके बारे में पूछताछ करता रहा। हफ्ते-भर के अन्दर ही बाप ने मामी के दूर के भाई विष्नू से ब्याह दिया। विष्नू उम्र में उससे बारह साल बड़ा था। फूफी ने ही यह भी बताया कि यह रिश्ता मामी को खुश रखने और वश में करने के लिए तय किया गया था। बाप मामी के पीछे बरसों से है।

उसे तसल्ली हुई तो इस बात की कि नन्दू उसके बाप की गिद्ध-दृष्टि से सुरक्षित हो गया था। शादी के बाद वह फिर उससे मिलने लगी थी। किसी को पता नहीं कि सरना तो उसी की है...

एक दिन मुलुक से नन्दू को बुलाने का तार आया। तुरन्त लौटने का ढाढ़स देकर वह गाँव चला गया। महीना-भर भी नहीं बीता था कि रामसेवक जो नन्दू का चचेरा भाई था रिश्ते में, ने खबर दी कि नन्दू का सिर फट गया है। जमीन को लेकर पटियइतों से फौजदारी हो गई थी। जिला अस्पताल में दाखिल है। मन बौरा उठा। विष्नू ने वैसे ही तंग कर रखा था। नौकरी छोड़ दी थी। नन्दू से मन को बड़ा सहारा मिलता था। झेलने की ताकत पैदा हो जाती। वह भी...

रामसेवक ने यह भी बताया कि चिट्ठी आई है। बचने की उम्मीद कम है। कोई तबेले की जिम्मेदारी उठानेवाला मिल गया तो आजकल में वह भी गाँव रवाना हो जाएगा।

वह कभी मन्दिर नहीं जाती थी, मारुति के मन्दिर पर जाकर तेल चढ़ाने लगी। एक मंगलवार की सुबह प्रभादेवी, सिद्धिविनायक के मन्दिर भी हो आई। विष्नू ने ताना भी दिया कि एकाएक वह पुजारिन कैसे बन गई। इतना पूजा-पाठ सूझने लगा! हफ्ता-भर भी पूरा नहीं हुआ, तार आ गया 'नन्दू नहीं रहा।' रामसेवक गाँव जाने लगा तो उसका मन हुआ कि वह भी साथ हो ले सब छोड़-छाड़कर।

तबेला अधिक दिनों तक किसी के भरोसे नहीं छोड़ा जा सकता था। धन्धा चौपट हो जाने का भय था। कहे अनुसार रामसेवक ठीक बीसवें दिन ही लौट आया। खोली पर मिलने गई, नन्दू के आखिरी समय का हाल सुनने की कातरता समेटे, तो पाया, नाक तक घूँघट खींचे तीन बच्चों समेत एक औरत भी खोली में मौजूद है।

"मेहरारू है नन्दू भैया की। ये तीनों उनके लड़िका हैं। हवा-पानी बदल जाई, यहि खयाल से भौजी का मुम्बई लइ आए। लोग तो आने नहीं दे रहे थे। हुआँ तो हाल-बेहाल हुई जा रही थीं। कुआँ में कूदी पड़ि रही थीं।"

औरत ने न उसकी तरफ देखा, न उससे बोली। बच्चे सहमे-से खटिया पर दुबके रहे। जैसे ही रामसेवक ने नन्दू के आखिरी समय का बयान करना शुरू किया, औरत आलाप भरकर रोने लगी।

दिल दहल उठा। लगा कि अधिक देर तक अगर उस खोली में बैठी रही तो दम घुट जाएगा। उसी खोली में, जहाँ उसे राहत की साँसें नसीब हुई थीं... 'आऊँगी' कहकर उठ दी थी।

कितना फरेबी था नन्दू! उसकी कसम खा-खाकर कहता, तू मिली है तो घर-गृहस्थी करने का जी करता है। तू 'हाँ' भर कर दे। फिर देखना, कमला, तेरे को मुलुक भी ले जाऊँगा। गंगा मैया में गाँठ जोड़कर स्नान करेंगे हम। घर देखेगी तो डर जाएगी। वो 'लाइन्स क्लब' वाला बगीचा है न...अरे, उतना बड़ा तो आँगन है घर का! और सुन, इदर का माफक मुँह खोल के नईं चलेगा। घूँघट निकालकर रहना पड़ेगा। चोली भी नहीं चलेगी, जम्फर पहनना पड़ेगा। चोली जैसी तो हमारे यहाँ मेहरारू बॉडी पहनती हैं...

"पानी बस क्या?" सिद्धू पूछ रहा था।

चौंक गई। वह हंडे भर-भरकर कब आया, खाली करके कब गया, कैसे गया, सोच में उलझे हुए उसे पता ही नहीं चला।

"मटका भरा कि नईं?"

"हऊ।"

"ठीक।"

"क्या हुआ तेरे को?" सिद्धू उसके भीगे चेहरे और रुँधे गले पर विस्मित हुआ।

"कुछ नईं...आँख आता दिखता।"

गले पर आँसुओं के धब्बे चिपचिपा रहे थे। चोली का ऊपरी हिस्सा तर हो गया था।

पाटा नीचे से खिसकाकर उठी। मोरी पर जाकर रगड़-रगड़ मुँह-हाथ धोया। बड़ी राहत मिली। पल्ले से चेहरा पोंछते हुए अचानक खयाल आया—पानी भरते समय सिद्धू ने उससे खाना माँगा था और उसने उसे डपट दिया था, "सबुर कर।" तब शायद सालन उतारकर गिराकों के लिए भीगे हुए चने उबाल रही थी। विष्नू जल्दी मचा रहा था।

सिद्धू के लिए एकाएक मन पछतावे से भर आया। बिला वजह वह उसे डाँटती-डपटती रहती है। सारे बच्चों में सबसे अधिक उपेक्षित रहा है सिद्धू। सबके बड़े लाड़ लड़ियाए थे उसने। सिद्धू तक आते-आते हर तरफ से टूट-टाटकर भुरभुरी हो गई थी।

थाली उठाकर आँचल से थाली को पोंछते हुए पूछा, "खाना देऊँ?"

सहमे-से बैठे सिद्धू के चेहरे पर आब आ गई—"दे न! बोत भूख लगा। भात मेच सालन डाल के दे दे। झींगा किया ना?"

उसने परोसा तो वह और बेसब्र हो आया, "जरा ठंडा करके दे न।"

भाप छोड़ रहे भात पर वह एक ढक्कन से हवा करने लगी। सिद्धू की हपस कहीं तुष्ट कर गई। ऐसी ही हड़बड़ी गोविन्दा भी तो मचाया करता था..

कल्पू मिलने आया। समझ गई, कल्पू की इस पहल के पीछे दुस्साहस किसका है। कल्पू की हिम्मत का अन्दाजा उसे नहीं है किन्तु सरना के दबंगपन से बखूबी परिचित है। यह भी अनुमान लगाया कि हो न हो, इस मिलने-मिलाने की योजना के पीछे उस दिन की मारपीट खास कारण हो। जो भी हो, कल्पू सरना को घर तक पहुँचाने आया तो वह उसे दरवाजे तक ले आई—"कल्पू तेरे से बात करने कू बोलता।"

उसने कोई जवाब नहीं दिया। न दरवाजे पर खड़े कल्पू को भीतर आने के लिए ही कहा। सरना ने ही लादी पर शतरंजी बिछा दी और कल्पू से बैठने का आग्रह किया। कनखियों से उसने कल्पू को देखा भर। लड़का सरना के मुकाबले कम नहीं लगा। किसी तरह की गरमा-गरमी भी उस वक्त वह नहीं चाहती थी। विष्नू गिराकों के बीच गिलास भरे बैठा था।

कल्पू ने बिना किसी भूमिका के अपनी बात रखी, "सेठानी! हम सरना के संग बियाव करना चाहते हैं।"

"बियाव करना है!" उसने कल्पू के शब्दों को कटाक्षपूर्ण ढंग से उमेठा। फिर तड़पकर मुँह चिढ़ाती हुई बोली, "जात नईं, बिरादरी नईं...हम घाटी, तुम भैया...रिवाज-रीत अलाहदा, कइसा शादी बनाने को देगी? सरना अब्बी बोत सोटी है। अऊर..." कहते-कहते एकाएक उसका गला भर्राया—"भैया लोगों पर अपन को ईस्वास नहीं...एक जोरू मुलुक में रखते, एक औरत इदर फँसाते। तू सरना का चक्कर सोड़ दे...होने का नईं।"

कल्पू ने प्रतिवाद करने की कोशिश की। पर उसने उसे बोलने का मौका नहीं दिया, "तेरा इरादा पूरा नईं पड़ने का। होशियारी पन नईं दिखाना, नईं तो हड्डी-बिड्डी साबुत नईं मिलेगी। समझा! बाप इसका बात पिच्छे करता, छुरा पेले निकालता।"

"आखिन किरिया, सेठानी!" धमकी के बावजूद कल्पू ने अपनी बात को वजन देने का प्रयास किया, "झूठ नहीं बोलेंगे। सरना हमारी पहली और आखिरी जोरू होवेगी। बोलो तो पट्टा लिख दें...फिन तकलीफ जो उसे हम दें तो जो चाहो, सो कर लेना।"

"बाद में कोई क्या कर लेता है?" उसने एक न सुनी। अड़ी रही—"यह सम्बन्ध किसी तरह नहीं हो सकता—नईं तो नईं।"

कल्पू के जाते ही सरना की चुप्पी ढही।

"मैं भौंड़ी-कटका नईं करेगी...तेरे सरखा भट्ठी नईं सुलगाएगी...तेरे सरखा नौरा (दूल्हा) नईं मँगता मेरे को..."

आग लग गई। आखिरी जुमले ने छलनी कर दिया। झपटकर उसे लादी पर गिरा दिया। हाथ में जो भी आया, दनादन पटकने लगी उस पर। अपने पर जैसे काबू ही नहीं रहा। बुरी तरह थरथरा रही थी। मुँह से फेचकुर बजबजाने लगा—"हरामखोर, कुत्ती!...मेरे कोच बोल मारती कि तेरे सरखा नौरा नईं मँगता! आई कोच? आँख का पानी मर गया न हलकट, उस भैए के पिच्छू...!"

"हाँ, हाँ, बोलेगी...उस भैए के पिच्छू ही बोलेगी...जितना मँगता उतना मार, पन मेरे को घर में बइठने का...औरत सरखा घर में रैने का...भैया लोगों

में औरत को घर पे रखते, धन्धा-पानी नईं करवाते...उसका कमाई नईं खाते।"

हाथ निर्जीव हो झूल गए। कितना मारे? मार-पीटकर सरना के भीतर दुबकी बैठी घर की कल्पना को ध्वस्त कर सकती है? सरना उसकी बेटी जरूर है, मगर 'वह' नहीं है।

चीख-चिल्लाहट सुनकर कई गिराकों समेत विष्नू भीतर आ गया। उसका रौद्र रूप देखा तो ताव खा गया—"छोकरी को अब तूने हाथ लगाया तो देख... अभी इदरीच खलास करेगा।"

हलकट पीकर टुन्न होता है तो एकाएक बाप बन जाता है। वरना मरते-सड़ते पड़े रहें, उसकी बला से।

फफक रही औंधी पड़ी सरना के सिर पर विष्नू ने हाथ रखा तो वह तड़पकर दहाड़ी, "हाथ नईं लगाना मेरे को! काम कर जा के अपना।"

सुबह उसके और सरना के बीच कोई बातचीत नहीं हुई। बेरहमी से धुनका था रात उसने। सरना तो हुचकियाँ भरते थककर सो गई, पर उसे आधी रात तक नींद नहीं आई। कलपती रही कि इतनी कुटाई के बाद लड़की उठ पाएगी? इस कदर खूँखार उसे नहीं हो जाना चाहिए। जालिम बरताव से तो बात बिगड़ेगी ही। मान लो, लड़की अपने और कल्पू के बारे में कुछ भी न कबूलती तो? मान लो, बिना बताए ही भाग जाती तो? क्या कर लेती वह?

रोज की तरह ही उसने चाय बनाई और साड़ी लपेट रही सरना के करीब पाटा सरकाकर कप-बसी रख दी। सरना ने चाय की तरफ देखा जरूर, पर हाथ नहीं लगाया। आहिस्ता से पाटी सिर पर रख खोली से बाहर हो गई। झगड़ा-झाँटी के कुछ ही घंटों बाद वह सब भूल-भालकर सहज हो जाती है, सरना यह अच्छी तरह जानती है; किन्तु सरना को सामान्य होने में टेम लगता है। दिनों तक मुँह फुलाए रहती है।

दोपहर में भी वही हुआ। फेरी पर से लौटी तो उसने खाना लगा दिया। भट्ठी के पास बैठे हुए तिरछी दृष्टि से देखा तो पाया, थाली ज्यों-की-त्यों लगी पड़ी है। लादी पर बिना शतरंजी बिछाए लेटी सरना सोने का बहाना कर रही है। बोले बिना रहा न गया—" अन्न पे गुस्सा काय को निकालने का?"

मगर सरना निश्चल पड़ी रही। न आँखें खोलीं, न उसकी ओर देखा, न जवाब ही दिया। इतनी जिद? अपमान से मन रुआँसा हो आया। इन्हीं के लिए तो खटती मरती है। पैदा होते ही तो नहीं कमाने लगी थी।

रात ग्यारह के करीब लौटी थी सरना। कल्पू जरूर छोड़ने आया होगा। मन में आया कि सारे झगड़े की जड़ तो यह कल्पू ही है। क्यों न उसे दरवाजे के बाहर धर दबोचे। इतनी कुटम्मस करे, इतनी कि सरना तिलमिलाकर बोमाबोम कर दे। उसकी चुप्पी तो टूटे। सह नहीं पा रही थी उसकी ऐंठन। बस इतना किया, न खाने को पूछा, न खाना ही लगाया। अन्दाजा था—नाटक कर रही है। कल्पू की खोली पर जरूर खाया-पिया होगा।

लेकिन आज दोपहर से ही जी उसे धिक्कार रहा है। जिद्दी तो है। मान लो, कल्पू की खोली पर भी न खाया हो तो? आज तीसरा दिन है झगड़ा हुए। चेहरा कैसा निचुड़ा-निचुड़ा हो रहा है। चाय ढकोसती होगी कप-पर-कप।

विष्णू ने आकर प्याज और नमक माँगा। उसके उड़े हुए चेहरे को देखकर टोका, "तबीयत बरोबर नईं तेरी?"

बसी में प्याज के टुकड़े और नमक रखते हुए संजीदा स्वर में इतना-भर कहा, "सिरदर्द भौत है।"

"गोली मँगा के दूँ?"

"बाम है।"

विष्णू चला गया। वह उद्विग्न मन से सरना के लौटने की प्रतीक्षा करने लगी। एकाध चक्कर गिराकों की खोली में भी मार आई; पर बैठ नहीं पाई। कई लोगों ने उसकी अनमनाहट ताड़ी। कारण जानना चाहा तो उसने सिर के दर्द का ही सहारा लिया। कुछ नहीं सूझा तो बाम की शीशी लिए माथा मलने बैठ गई। अपनी उँगलियों की सहलाहट से काफी राहत महसूस कर रही थी कि तभी कुंडी खड़की। दरवाजा खोला। देखा, सरना के आठ-दस हाथ पीछे कल्पू खड़ा हुआ है—शायद इसी प्रतीक्षा में कि दरवाजा खुले, सरना भीतर हो तो वह मुड़ ले।

सहसा दरवाजे को दोनों हाथों से घेरकर उसने सरना को आदेश दिया, "अन्दर बुला उसको।"

सरना ने ढिठाई से सीधा उसकी आँखों में ताका। पूछा, "काय के वास्ते?" स्वर की ऐंठन से लगा कि जैसे यह न पूछ रही हो कि किसलिए बुलाऊँ, चेतावनी दे रही हो कि अगर कल्पू के साथ कोई बदतमीजी की तो देख लूँगी।

"जरूरी बात करने का।"

सरना ने निर्भीकता से कल्पू को अन्दर आ जाने के लिए पुकारा। कमला दरवाजे से हट गई। सरना ने पाटी उतारकर, सिर पर गुंडरी बनाकर रखा हुआ अँगोछा फटककर कपड़े से लदी रस्सी पर उछाल दिया। देख लिया था कि कल्पू के अन्दर दाखिल होते ही आई ने फुरती से दरवाजे की सिटकनी चढ़ा दी है। बीचवाला दरवाजा भी भेड़ दिया। माथा ठनका—दाल में कुछ काला है! बीचवाला दरवाजा भेड़ते हुए सिद्धू से कहते हुए भी सुना, "कुछ मँगता होएगा तो विष्नू को बोलना, जरा ठेरना..."

सरना सतर्क हो गई। कल्पू के चेहरे पर ढेर-सा असमंजस पसर गया। सारा माहौल अनबूझ-सा हो रहा था।

"भौत फिरता ना तू इसके साथ?"

जवाब सरना ने दिया, "मैं फिरती इसके साथ। इसको कुछ मत बोल।"

"तेरे से पूछा?"

"नईं।"

"तो उसको जबान नईं?"

सरना कल्पू की ओर देखने लगी।

"तेरे को शादी बनाने का सरना के साथ?"

"मैं तो आपसे कब का बोला था।" कहते हुए कनखियों से कल्पू ने सरना को देखा।

अचानक कल्पू की कमीज को कमला ने सीने से दबोच लिया। पूरी ताकत से उसे झकझोरती हुई चीखी, "कब से क्या मतलब? बनाना है तो जल्दी बना। ठेरा काय को? हाँ, पइसा नईं होएगा तो मेरे से ले; पन जल्दी कर शादी.. देर नईं मँगता...भरोसा नईं तेरा...कभी मुलुक को चला गया तो वापस नईं आएगा तू... भैया लोगों का एतबार नईं मेरे को।"

पंजा ढीला पड़ा। कमीज छूट गई। जमीन पर पसरकर घुटनों में मुँह छिपा लिया और फफक-फफककर हिचकियाँ तोड़ने लगी।

कल्पू हतप्रभ रह गया। सरना की आँखों में अभी भी अविश्वास के डोरे तने हुए थे। पिएली तो नहीं है आई, फिर?

(1978)

रूना आ रही है

हाथों में तार है। कितनी दफा उलट-पलट चुकी हूँ। पढ़ा, फिर उलटा-पलटा, नाक तक ले गई। गन्ध में घासलेटी हीक थी। एकाएक तब्दील हो गई पसीने की उस चिर-परिचित 'बू' में जो रूना के करीब लेटे-सटे-बैठे रहने पर महसूस होती रहती। बगलों पर ढेर-सा 'टेलकम' चढ़ाते रहने के बावजूद वह परेशान रहती कि घंटा-भर भी ब्लाउज बदन पर चढ़े नहीं रहता और...। बनर्जी काका से पूछूँगी कि होम्योपैथिक में कोई दवा हो तो दे दें। इतना एसिड है पसीने में कि बाँह उठाने में शर्म आती है। नीचे रंग उड़ा होता है! मैं हँस देती—यह तुम्हारी गन्ध है, बेहद-बेहद भली लगती है।

किसी और ने भी कहा था उससे, 'तुम्हारी देह में अजीब-सी गन्ध है जो भीतर नशा-सा भरने लगती है।' 'वह तो पुरुष है, मगर तुम्हें क्यों भाती है, बुआ?' उसने पूछा था। मैंने कहा था, 'तुम्हारे व्यक्तित्व की उपस्थिति की आश्वस्ति से पूरती है शायद।' तब शब्द यह नहीं थे, आशय यही था।

वही रूना आ रही है। इतने वर्षों बाद जबकि मेरे और उसके बीच इस अन्तराल में होली-दीवाली पर शुभकामना पत्र जैसी औपचारिकता का भी आदान-प्रदान नहीं हुआ। आकस्मिक खुशी—संशय और अविश्वास से मुसीनुसी मेरा अन्तस नम कर रही है। तार भेजा भी तो उसी शहर से गया है—'चाइबासा!' नीचे नाम भी रूना का है। कभी सच हाथों में होता है, हम उसे तर्कों में खोजते-टटोलते हैं। सन्दिग्धता में सेंकते हुए।

चार साल से वह वहीं है—स्थानीय महिला कॉलेज में बतौर प्राचार्य।

अकेली ही है अब तक। अब क्या शादी करेगी? मेरे इस अकसर कहे जानेवाले वाक्य पर शैकत की प्रतिक्रिया होती है—'क्यों नहीं कर सकती? खुदा न खास्ता किसी से आँख लड़ जाए तो उतरती उम्र में भी सोलह वर्षीय रोमानियत अँकुआते देर नहीं लगती, मैडम!'

सहसा मेरे पास आने का निर्णय! क्या रूना ने मुझे संशय मुक्त कर दिया? जिसे वह अपने स्वप्न-संसार के ढहने का आधार बना, एक कसैली, न टूटने वाली चुप्पी के तहत कैद हो गई थी? जिसके लिए उसे श्रीमन्त को जिम्मेदार ठहराना चाहिए था, उसने मुझे ठहराया था। मैंने स्पष्ट होने के कई मौके चाहे थे; पर पाया—वह न सुनने के लिए तैयार है, न कुछ कहने के लिए। शरीक हो गई उसी भीड़ में, जिसे आदत थी मुझे गैर-जरूरी समझने की। बुढ़ापे की औलाद या तो बेहद प्यारी होती है या दोहरी हुई कमर का कूबड़। उस भरे-पूरे परिवार में मैं वही गैर-जरूरी बच्चा थी—कूबड़।

वह घर छोड़ा तो तय था, हमेशा के लिए छूट रहा है। छूट जाएगा, पर छूटा कहाँ! जब भी उस घर में 'कुछ' होने की खबर मिलती, एक प्रत्याशा अजाने ही दरारों से रिस आई रोशनी-सी पसर जाती। औरों को बुलावे गए होंगे। अनवइए पहुँचे होंगे। हो सकता है, 'रोचना' लगी चिट्ठी मेरे पास भी आ जाए। अगर आ गई तो? आहत अहं सिर उठाता। 'ऊँ-हूँ। जाऊँगी नहीं।' जान-बूझकर यह जताने के लिए कि मुझे कौन परवाह है तुम लोगों की। सबसे अधिक सुख से हूँ। सबको सिंगे पर रखे हूँ। लेकिन उन्होंने मुझे न कभी अहं-प्रदर्शन का मौका दिया और न यह समझौता कि समय हर मलाल का मरहम होता है...

सत्रह साल कम तो नहीं होते!

अपनी तरफ मुड़कर देखती हूँ। सोलह का नसीम 'दून' अकादमी में पढ़ रहा है। बिलकुल शैकत की कद-काठी पाई है उसने। बस, शैकत थोड़े-से भारी हैं। लुंगी और कुरते में होता है तो यह अन्तर भी छिप जाता है। कई दफा तो मैं शैकत के अन्देशे में उसके कन्धे पर हाथ रख देती हूँ—"सुनो!"

"कहो।" वह एकदम शैकत के लहजे में जवाब देकर मुड़ लेता। फिर

ठहाकों से दोहरा होता हुआ शैकत और मुनिया को इकट्ठा कर लेता। उसकी बाँहें मेरे इर्द-गिर्द कस जातीं।—"माँऽऽ"

"खतरनाक! मेरी बीवी को तुम धोखा दे सकते हो! हैं अं!"—शैकत त्योरियाँ चढ़ाते।

मुनिया भौंहें चढ़ाकर आँखें फाड़ती—"आप अपनी बीवी की आँखें चेक करवाइए पापा, डील तो ठीक है पर डोल में भी धोखा खा जाती है? कहाँ आप, कहाँ नसीम भैया!"

"ठीक है, ठीक है। मेरी बीवी की नजर कमजोर हो सकती है पर इट डजंट मीन दैट ही...ब्लडी लाइन मारो टू माइ वाइफ?"

"पापा, डोंट वरी। कम्पेनशिएट करूँगा। एकाध चांस मैं अपनी गर्ल फ्रैंड से अलाऊ कर दूँगा। डन?"

"कहाँ है वो?" शैकत नसीम की बाँह पकड़ लेते।

"पापा?" मुनिया आँखें तरेरती! "शर्म नहीं आती, छिह...!"

और बाप-बेटे जो बगलगीर होकर हँसते—मिनटों।

मैं भिन्ना उठती—"क्या वाहियात बातें करते हो बच्चों के साथ!"

मुनिया चौदह की हो रही है। उसने भी शैकत के नयन-नक्श चुरा लिए हैं—"यू कैन नॉट फील योर सेल्फ, मदाम! लेट्स ट्राय वन मोर।"—शैकत खिंचाई करते हैं। मैं हँसकर रह जाती हूँ। क्या गारंटी कि तीसरा मेरी तरह होगा?

मुनिया को देखकर कितनी बार रूना की हरकतें याद आई हैं। आदतें न मेरी ली हैं उसने, न शैकत की। रूना की तरह ही सीधा आँखों में देखती है। मिनटों पलक नहीं झपकती। लगता था, रूना बातें सुन नहीं रही, आँखों से पी रही है। मैं अकसर मुनिया से बातें करते हुए कहीं और देखती रहती हूँ। जबसे उसे इन समानताओं के बारे में बता दिया है, वह रूना की तसवीर देखने के लिए बेचैन है।

रूना का कहीं लेख छपा हो तो वह काटकर नत्थी कर लेती। किसी 'परिचर्चा' में उसके विचार होते और उसका चित्र नहीं होता तो वह झुँझला उठती—'तसवीर क्यों नहीं दी उनकी? सबकी तो छपी है।' मैं समझाती कि हो सकता है, वह प्रचार से दूर रहना चाहती हो! मगर बात उसके गले नहीं उतरती। लेकिन फिर वह तर्क नहीं करती। अपनी सहेलियों को रूना की डिग्रियों के

विषय में गर्व से बताती—'विदेश हो आई है दो बार। प्रिंसिपल है।' तुरन्त बाद, 'मेरी दीदी है।'

'मॉम! मैं सेकंड्री करके रूना दी के कॉलेज में एडमिशन लूँगी। हम ऑल ऑफ सडन उनके पास पहुँचकर उन्हें चौंका दें तो?'

'आई लव हर लाइक एनीथिंग...'

रूना के प्रति उत्सुकता तो मैंने ही बोई है। उसे पढ़-पढ़कर अँकुआ आई है देख पाने की तीव्रता। इतना ज्यादा जिक्र करती है मुनिया अकसर कि मैं चिढ़कर डाँट बैठती हूँ, 'तुम लोगों को ही क्यों हपस लगी है उसकी? उसने तो कभी याद नहीं किया...लिख सकती है, मगर...'

शैकत को मेरा डाँटना बुरा लगता—'अपने को अपने तक ही सीमित रखो। बच्चों को अपने ढंग से 'ग्रो' करने दो, निमो! मुनिया रूना के पास जाना चाहेगी तो मैं उसे हरगिज नहीं रोकूँगा। तुम्हारे घर भी जाना चाहेगी तब भी नहीं। हो सकता है वे बच्ची के मुँह पर दरवाजा बन्द कर दें। कर दें! हालाँकि वे इतने नीच नहीं हैं, न इतना नीचे उतर सकते हैं। जहाँ तक मेरे बच्चों का सवाल है—बहुत समझदार हैं वे। उन्हें अपने अनुभवों से सीखने दो, समझने दो, महसूस करने दो।'

परिपक्वता ही तो उनकी मुझे 'सरू' के दरख्तों-सा उन्नत किए रहती है। अपने दोस्तों से वे हमारा परिचय करवाते हैं, 'मीट माय, पॉप—शहंशाह अकबर! एंड माय मॉम! प्रिटी जोधाबाई!'

सोचती, जो सम्बन्ध औरों के लिए ग्लानि बना, उद्दंडता और उच्छृंखलता-भरा विद्रोह लगा, वही मेरे बच्चों के लिए कितना बड़ा मान है!

मुनिया अकसर लाड़ में शैकत को पुकारती, 'हाय शहंशाह!' वाक्य कभी पूरा नहीं हो पाता। शैकत लपककर मुनिया को गोद में उठा लेते। गोल-गोल घुमाने लगते। बैठक से बेडरूम। बेडरूम से रसोई। मैं आसपास होती तो काम-धाम छोड़कर चिरौरी करती, पीछे-पीछे घूमती—'छोड़ दो न प्लीज...' मुनिया लदलद छाती पर पाँव पटकती, कन्धों पर दनादन मुक्के जमाती...'प्लीज पापा... लीव मी...हाय ममा, बोलो न? बाप रे...यहाँ नहीं...फैन से सिर उड़ जाएगा मेरा! माय गॉड! प्लीज...'

मेरी नाराजगी की कतई परवाह नहीं होती। पप्पी की शर्त पर उसे नीचे उतारा जाता। बिटिया की पप्पी सेलीब्रेट न हो, यह नहीं हो सकता। दिन हुआ तो

'जिन' विद लाइम कार्डियन। शाम हुई तो 'रम'। मेरे लिए ठंडी बियर। ना-नुकुर की तो गिलास सीधा मोरी में टुकड़े-टुकड़े। मूड उखड़ जाता।

'स्क्वॉड्रन लीडर की बीवी हो...अब तक नहीं सीख पाईं...साला! क्लब इसलिए नहीं जाता कि तुम जाना पसन्द नहीं करतीं।' पारा चढ़ता ही चला जाता। फिर सहसा झटका लगता—'बहुत बोल गया न!' उनका एकाएक समर्पण चुभ जाता। लगता, इसलिए नहीं झुक आए कि सहसा उन्हें अपनी गलती का एहसास हुआ। शायद सारे रिश्ते-नाते से मुझे काट दिए जाने का अपराध-बोध उन्हें कचोट उठता है। तीन-चार पेग्स भीतर उतरते ही दोहराने लगते, 'तुम्हें सबसे अलग कर दिया न!' उन्हें आज तक नहीं समझा पाई—जिस एक से अलग हो गई थी, वही तो तमाम सम्बन्धों का पर्याय थी। वह छूट गई तो सभी छूट गए। 'सब' थे ही कहाँ मेरे लिए!

तार थर्रा रहा है। उँगलियाँ काँप जो रही हैं। भीतर अकुलाता हुआ आवेग भिंचे होंठों पर पछाड़े खा रहा है। मुनिया कितनी समझदार है। शैकत ठीक ही तो कहते हैं। रूना के लेख मैं खुद भी तो काटकर रखना चाहती थी। उसकी किताबें स्वयं खरीदकर लाना चाहती थी। उन्हें डिवाइडर में ठीक नटराज की कांस्यमूर्ति की बगल में ही चुन देना चाहती थी। मुनिया! मुनिया! तुमने सब कुछ वैसे ही तो किया था जैसे मैं चाहती थी पर जिसे मैं झूठे दम्भ के तहत कभी कर नहीं पाई। उठती ललक को रौंदती रही। अपने से ही प्रतिशोध-सी लेती मैं! कैसे जान गई थीं तुम कि जो कुछ मैं कहती-करती हूँ, वह मात्र दिखावा है? झेंप ढकने का उपक्रम कि मुझे इन चीजों से क्या मतलब? तुमसे कह देने के बाद, तुम्हारे स्कूल चले जाने पर 'रूना दी के आर्टिकल्स' वाली फाइल खोलकर लेखों को पढ़ना, सेल्फ में तुम्हारे हाथों में चुनी हुई रूना की किताबों को छूना और फिर-फिर छूना क्या है? क्या है मुनिया? अलग होकर भी उससे अलग हो पाई क्या मैं?

तार तकिये के नीचे दबा देती हूँ। उसी तकिये पर चेहरा भींचे औंधी लेट जाती हूँ।

दोनों पीठ से पीठ जोड़ लेते, तिरछी गरदनें करके अपने-अपने बालों की लम्बाई नापते। जिसके ज्यादा लम्बे होते, रूना मुट्ठी में भरकर उतना हिस्सा छाँट देती, 'तुम्हारे बाल मुझसे बड़े क्यों रहें, बुआ?' ब्यूटी पार्लर में जिस दिन बाल

बॉब कटवाए, रूना पूरे समय करीब खड़ी-सी महसूस हुई थी। उसने कटवाए होंगे?

लूसी किचेन में है। ट्रांजिस्टर वहीं बज रहा है। ट्रांजिस्टर के बगैर न वह खा पाती है, न सो पाती है, न काम ही कर पाती है। कई बार तो उसके गाने सुनते-सुनते सो जाने पर मैंने या मुनिया ने जाकर ट्रांजिस्टर बन्द किया है।

इस वक्त मेरे कमरे में आहिस्ता-आहिस्ता रूना लैला की गजल के बोल रेंगते चले आ रहे हैं—'आ फिर से मुझे छोड़कर जाने के लिए आ...रंजिश ही सही...'

वर्षों, महीनों, दिनों और घंटों में बँधा समय कैसे छोटे-छोटे साँचों में सिमट आता है।

कितनी बार वह घर शादी-ब्याह, मुंडन-छेदन के बैंड-बाजों से गूँजा है! गमी से सहमा है। लेकिन मैं, तबादले के साथ बदलते हुए हर स्टेशन पर बस इतना जान-भर पाती। महेन्द्र भैया की दुल्हन लेक्चरर है। मझले काका के घर जुड़वाँ बेटे हुए हैं। बड़ी काकी की शोभा को विदेश में पढ़ा-लिखा दूल्हा मिला है। शिकागो में है वह। बड़ी बुआ कुम्भ नहाने गई थीं, लौटते ही आँखें मुँद गईं। श्रीमन्त आजकल दिल्ली में हैं। दो लड़कियाँ हैं। जन्मजात गूँगी-बहरी हैं दोनों। रूना शादी के लिए मान जाएगी शायद...नहीं मानी। नहीं मान रही। शायद न लौटे विदेश से। लौट आई है। चाईबासा में है। सलमा आपा ने लिखा था—'पिछले हफ्ते बाबू नहीं रहे। बड़ी तकलीफदेह मौत पाई उन्होंने।'

पिछले हफ्ते? यानी उन्हें मरे हफ्ता बीत गया और घर से मुझे किसी ने सूचित तक नहीं किया! सलमा आपा को भी खबर दो रोज बाद लगी। मेरे ब्याह के साल-भर बाद ही वे अलीगढ़ चली गई थीं। हालाँकि ऐसा नहीं था कि वे लोग मेरा पता पाना चाहते और उन्हें न मिल पाता। नवाबगंज के सिद्दीकी साहब मुम्बई मेरे घर मिलने आए थे और लिखा था कि लौटकर बड़े भैया से मिले भी थे जाकर...

शैकत अड़ गए कि मुझे ऐसे मौके पर वहाँ पहुँचना चाहिए। आखिर बाप थे! बुलाना चाहा भी होगा तो परिवार या बिरादरी के भय से हिम्मत न की होगी। फिर लोग क्या कहेंगे? इतनी सख्त दिल है बेटी।

शैकत की दलीलें बड़ी थोथी लगीं। वे सोच नहीं सकते थे। कट जाने और

काटकर फेंक दिए जाने की पीड़ा समान नहीं होती। घर उनसे नहीं छूटा था। रिश्ते उनके नहीं टूटे थे। सम्बन्धों का तिरस्कार उन्हें नहीं भोगना पड़ा। शादी के लिए वे तैयार नहीं होते थे। किसी लड़की से मुहब्बत कर ली थी ट्रेनिंग के दौरान। घरवालों के दबाव में वह लड़की ब्याह कहीं और कर बैठी। मुझसे शादी की तो तकरीबन सभी खुश हुए। पैंतीस के हो जो रहे थे...

यही लगा, बाबू मरते दम तक नफरत ही करते रहे। साथ भी लिये चले गए। खोज-खबर नहीं ली तो यही वजहें खुद को सौंपती रही कि बुढ़ापा भैया-भाभी की कृपा-दृष्टि का मोहताज है। लोकापवाद से भयग्रस्त। बेटी के विधर्मी के साथ मुँह काला करने के अप्रत्याशित आघात से त्रस्त। जख्म भर जाएँगे तो उनके लिए उनकी बेटी, बेटी हो जाएगी। पर क्या बीमारी के दौरान उस भरे-पूरे घर में मेरी अनुपस्थिति के आभास ने, बेटी की कम-से-कम एक झलक देख पाने की लालसा से नहीं कुरेदा होगा उन्हें? कहते हैं, आखिरी समय माँ-बाप अपने सारे बच्चों को अपने करीब देखना चाहते हैं।

किसी और से ही लिखवाकर डलवा देते कि तुम्हें देखने की इच्छा हो रही है। पहुँच न जाती? यही कहती कि खुद ही चली आई हूँ बीमारी की खबर सुनकर।

शैकत का हठ तिलमिलाकर रह गया। दुनियादारी से क्या? जब मैं उस घर की कोई नहीं तो कोई नहीं। जाहिर है, बाबू जी की आन्तरिक इच्छा यही थी—और उसे ठेस पहुँचाने की दोहरी पीड़ा से क्यों गुजरूँ?

'कैसी बेटी हो!' कहा था उन्होंने।

बचपन से जो एहसास उम्र के साथ पकता रहा कि जिसके माँ नहीं होती, बाप पहले ही मर जाता है। बाबू की मौत से प्रमाणित हो गया।

अम्मा! अम्मा बाबू जी की उतरती उम्र की दूसरी पत्नी थीं। याद ही नहीं उनकी। मेले में खिंचवाए गए एक समूह-चित्र में वे थीं भी तो घूँघट नाक तक खिंचा हुआ था। जहन में सुरक्षित उस तसवीर पर से जब-जब घूँघट उठाया, चेहरा कभी भाभी का बन गया, कभी काकी का, कभी बुआ का। ममत्व का विस्तार इन्हीं दायरों में सीमित जो रहा!

पहली पत्नी का भरा-पूरा परिवार अम्मा को विरासत में मिला था। और, दो छोड़े बैठी लद्दू कहारिन की बिटिया बतौर सौतन जिस पर बाबू जी की आधी कमाई फुँकती।

"मूल में हुई थी तू, बाप के लिए अपशकुनी। दिखाया तक नहीं गया तुझे साल-भर तक।"

मैं काकी से प्रतिप्रश्न करती, "उसके बाद उन्होंने मुझे खुद ही नहीं देखना चाहा?"

"तुझसे कोई बात बताओ तो बना बैठती है परपंच...कोई तुक है!"

"गलत है, काकी?"

"पग्गल है पूरी। जा, रून्नी के पास जा। पढ़ाई कर जाके। चार बेर हाँक लगा चुकी।" वे बहलातीं।

मैं अड़ी बैठी रहती।

"अच्छा बताओ, मैं कितनी बड़ी थी जब अम्मा मरीं?"

"च, फिर वही! कहा न! पढ़ाई कर जा के!" वे डपटतीं तो मैं अनमनी-सी उठ देती, सोचकर कि फिर पूछूँगी कभी। अम्मा के प्रति जिज्ञासाएँ सिर उठाए ही रहतीं।

मुझसे डेढ़ साल पीछे हुई थी रूना। कहते भी हैं—मूल से ब्याज प्यारा होता है। बाबू जी को तो बेहद प्यारा था। कन्धे पर चढ़ाए-चढ़ाए घूमते! अपनी थाली में खिलाते, 'चिज्जी' दिलाकर लाते। चिढ़ लगने लगती कि मुझसे क्यों दूरी बरतते हैं? देहरी से भीतर होते ही—'रुन्नू री, ले पकड़ तो सौदे का थैला। इतनी देर क्यों लगा दी, भवानी? अच्छा, बता तो तेरे लिए क्या लाया हूँ? ऐसे नहीं मिलेगा, पहले बता, फिर...गलत...एकदम गलत। अरे वाह! दद्दो उस्ताद हो गई है तू तो! अच्छा सुन, दो गिलास चाय चटपट भिजवा दे बैठक में, शक्कर कम, हाँ!'

रूना से बगैर मिले कभी बाजार न जाते—"क्या लाऊँ बाजार से तेरे लिए?"

"क्या लोगी, बुआ?" वह मुझसे पूछती।

"कुछ भी नहीं।"

"क्या कुछ भी नहीं? जल्दी बताओ!"

"अरी, बोल न! देर हो रही है।" बाबू जी मुझ पर खीझ उठते। सोचती, ऐसे कोई पूछेगा तो माँगा जा सकता है? "कुछ नहीं", फिर दोहराती।

"झूठ-मूठ मत बना करो, बुआ, हाँ। रिस लगती है। गजक ले आना,

बाबा! बुआ को गजक बहुत पसन्द है।" बाबू जी उसे उठाकर भींच लेते—"अरी पुरखिन! तुझे क्या पसन्द है, यह भी तो बता।"

पता नहीं क्यों, बाबू जी पर तो गुस्सा रहती ही, रूना के प्रति भी जरझौंसी हो उठती। घंटों उससे सीधे मुँह बात तक न करती। वह समझती, मैं किसी बात से उदास हूँ। किसी ने कुछ कह दिया होगा। 'बोलो न, बुआ। अम्मा ने डाँटा? क्या बात है फिर? बाबा ने? महेन्द्र चच्चू ने?'—पुचकारती, मनाती, गुदगुदाती, धमकाती कि जिसने भी तुम्हें कुछ कहा होगा, उसकी खैर नहीं। बताओ तो जरा। क्या बताती उसे कि मन उससे ही खार खाता रहता है? ईर्ष्या करता रहता है? कैसे कहती? इसके बावजूद रूना ही तो कवच थी। हम साथ सोते—'मुँह मेरी तरफ करो न...करो न बुआ।' खाना खाते होते—'यह तुम्हारे हिस्से का है। मैंने अपना हिस्सा पहले ही खत्म कर लिया है। समझीं!' गुड्डे-गुड़िया की शादी होती। दूल्हा मेरा होता, दुलहिन होती रूना की। सहेलियाँ बिदक जातीं—'रीत से चलो, भई। तुम दोनों सगी बुआ-भतीजी। रिश्ता होता है क्या भाई-बहन में? दूल्हा हमारा होगा...'

रूना दबंग होकर कहती, 'होगा यही। खेलना है तो खेलो, नहीं तो मत खेलो। हम दोनों अकेले ही ब्याह कर लेंगे।' सहेलियों पर धमकी कारगर होती। रूना के बगैर उनका भी नहीं चलता।

रूना के बगैर मेरा भी कहाँ चलता था! दरक पैदा कर दी थी। हमारे दरम्यान श्रीमन्त ने आकर।

अकसर वही-वही स्थिति होती। मैं मुँडेर से पीठ टिकाए, घुटनों के बीच कोई किताब रखकर पढ़ने का उपक्रम करती। मुँडेर के पीछे तेज हवा के झोंकों से आक्रान्त बूढ़ा नीम अरराता होता और किसी अदृश्य अन्धड़ की हरहराहट मेरे भीतर उतरने लगती। शब्दों पर दृष्टि ठहर-ठहर बढ़ती। न पीछे के शब्द अगलों को अर्थ देने में समर्थ होते, न अगले शब्द पिछलों को सन्दर्भ दे पाते। कच्ची निबौरियों को उछाल-उछालकर एक हाथ गिट्टियाँ खेलने में व्यस्त करना चाहता, पर उलझाने के सारे प्रयत्न व्यर्थ साबित होते। हाथ तो चलता रहता।

महेन्द्र भैया के एकमात्र गहरे दोस्त बन गए थे श्रीमन्त। गरमियों की शुरुआत के वे दिन थे। साँझ छत पर ही बैठक जम जाती। तीनों किसी मुद्दे पर बहस छेड़ बैठते और गरमा-गरमी पर उतर आते। महेन्द्र भैया जब ढीले पड़ने

लगते तो मेरे लिए फौरन चाय का आदेश हो जाता।

स्टोव की झाँय-झाँय सुनकर भाभी टोक बैठतीं, "अभी तो बनाई थी न!"

"दोबारा मँगवाई है।"

वे बड़बड़ाने लगतीं, "मिट्टी का तेल मिलता नहीं, चूल्हे में आँच दबी है। चूल्हा नहीं सुलगाते बनता! जाँगर चलाया करो। वक्त-बेवक्त कोई आ टपके तो क्या हाड़ सुलगाऊँगी?"

मैं चुप ही रहती। चुप्पी खल जाती उन्हें।

"रूनो कहाँ है?"

"ऊपर।"

"ऊपर क्या कर रही है?"

समझ जाती कि गुस्सा इस बात पर नहीं है कि रूना ऊपर गप्प मार रही है। खुन्नस तो इस बात से हो रही है कि मैंने चाय के लिए स्टोव क्यों जला लिया। मन होता कि मैं भी पलटकर दो-चार सुना दूँ। पर...

भुन्नाहट में पैर पटकती सीढ़ियाँ चढ़ने लगती। ऊपर पहुँचते ही मैं रूना से भिड़ जाती—"हम नहीं बनायेंगे चाय!"

वह मेरी खीज से बेअसर, चाय का कप हाथ में थामे पूर्ववत् बहस में व्यस्त श्रीमन्त को जवाब दे रही होतीं, "कैसे कह रहे हैं कि विषय में दखल नहीं है? इसलिए कि मेरी बात आपके गले नहीं उतर रही?"

"उतरे तो तब न जब बात में दम हो! इसमें कोई सन्देह नहीं कि तुममें जबर्दस्त तार्किक शक्ति है, पर रूना! बिना विषय की गहराई तक गए तुम उथले-उथले ही रह सकती हो, ठोस नहीं दे सकतीं...और उत्तेजित क्यों हो जाती हो?" वे चाय का घूँट भरकर उसे गहरी आँखों से देखते।

"कहाँ खो ज़ाती हूँ!" प्रतिवाद की दृढ़ता के बावजूद रूना के स्वर में खुमारी उतर आती।

"खो तो जाती हो..."

"कोशिश होगी कि सहज बनी रह सकूँ।"

दूसरे रोज उन्हीं विषयों पर श्रीमन्त द्वारा भेजी हुई विशिष्ट किताबों में रूना उलझी हुई होती।

लगता, किताबों से अधिक वह श्रीमन्त से अभिभूत है, और होती जा रही है।

हमारे बीच अनायास संवादहीनता की स्थिति इस कदर पनप आई कि हम कॉलेज तक के रास्ते में ही बतिया पाते। वापसी में अगर हमारे घंटे आगे-पीछे होते तो वह भी सम्भव न हो पाता। या तो वह पहले लौट आती या मैं। शाम होते-होते श्रीमन्त आ धमकते और पढ़े हुए की विस्तृत चर्चा होती। पहले तो श्रीमन्त महेन्द्र भैया के घर पर रहते ही आते थे। महेन्द्र भैया घर पर नहीं हैं या उनके जल्दी लौटने की कोई सम्भावना भी नहीं है तो वह कतई न रुकते। लेकिन अब महेन्द्र भैया का होना-न-होना उनके आने और रुकने का कारण नहीं था। सीधे छतवाले कमरे में चले आते। रूना के लिए उन्होंने एम.ए. का विषय तय कर दिया था—इतिहास में करो। वे इतिहास के प्रवक्ता जो थे। हालाँकि इतिहास रूना का विषय कदापि नहीं था। न इतिहास में उसकी दिलचस्पी ही थी।

बड़ी भाभी को यह सब दिखाई दे रहा था या नहीं? दिखाई तो जरूर पड़ता रहा होगा। तीसरे नेत्र से सम्पन्न जो थीं! उनका यह तीसरा नेत्र मेरे लिए ही क्यों खुलता है? मन को यह सवाल अकसर कचोटता। मुझे तो वह कभी महेन्द्र भैया के दोस्तों या ममेरे भाइयों से भी बतियाता पातीं तो हंगामा खड़ा कर देतीं। जैसे घर पर सब मेरे लिए ही आते हैं। या फिर मैं तैयार ही बैठी रहती हूँ कि कोई फँसे और मैं फिसलूँ। औरों के सामने ही लताड़ देतीं, "गप्प मारने के अलावा कुछ काम-धाम नहीं सूझता?"

रूना ऐसे में उनसे भिड़ जाती, "क्यों बुआ के पीछे हाथ धोकर पड़ी रहती हो? हद होती है, अम्मा! कोई कुछ न भी करनेवाला हो तो सान पर चढ़ जाए!"

"दीदों का रंग देखा है?"

"देखा है; पर जो तुम्हें चौबीसों घंटे दिखाई देता रहता है, उसका कोई सिर-पैर है?"

"है न! अरे, अपनी राह-बेराह हो तो कोई कुछ कहने-सुनने वाला नहीं पर इसके लच्छन उलटे-सीधे हुए तो गाँव-जवार छोड़ेगा? यही कहेंगे न सब कि सौतेली भौजाई ने छुट्टा छोड़ दिया!"

"बस, लोगों की ही परवाह करती रहो।"

आँखों का उबाल घूँटते, अटारी के तीन-तीन पायदान एक साथ फलाँगते मैं

निवाड़ के पलंग पर जाकर औंधी हो जाती। रूना ऐसे में मलहम हो उठती। गोद में सिर खींच लेती। कहती कुछ भी नहीं। बस, उँगलियों से मेरे विगलित अन्तस् के रुदन को सहलाती—"मैं हूँ न! कोई भी कैसे नहीं है तुम्हारा!"

कई दफा यह भी लगता, हो सकता है, उन दोनों के मध्य ऐसी कोई स्थिति न हो; उन दोनों की परस्परता मात्र शिष्य और शिक्षक की ही हो। पर तभी उनके सघन क्षणों को सहसा देख लिया था मैंने।

कमरे में जब श्रीमन्त होते तो न मैं रूना के करीब ही बैठ पाती, न अपनी मौजूदगी को किसी और काम में उलझाए ही रख पाती। कई बार इतना अटपटा महसूस करती कि उठना न चाहकर भी मैं उठकर चल देती। वे एक बार भी आग्रह न करते कि उठ क्यूँ दीं, बैठो। जाकर सीधी मुँडेर से टिक जाती। अनर्गल इधर-उधर भटकना छोड़ स्वयं को पृष्ठों में डूबाने की कोशिश होती। स्वयं को डुबो न पाती तो निबौरियों से गिट्टियाँ खेलती। जर्द और सूखी पत्तियों के ढूह बनाती; फिर भी उसी कमरे में खड़ा पाती। कई दफे लगता कि कमरे के चारों तरफ मिट्टी का टिन उँड़ेल दूँ। सबको चीख-चीखकर इकट्ठा कर लूँ। कमरे में ले जाकर उनके सामने खड़ा कर दूँ। भाभी के माथे पर छेनी से चवन्नी-भर छेद कर दूँ। ताकि रूना के लिए भी तीसरा नेत्र पैदा हो जाए, जो सिर्फ मेरे लिए ही जब-तब उगता रहा है।

बात छिपी भी न रह सकी। दबा-दबा हंगामा चेहरों पर टँग गया। श्रीमन्त ने हिम्मत दिखाई। भैया के समक्ष भी और अपने घरवालों के सामने भी। हक में जो तर्क वजनी था, वह यह कि श्रीमन्त सजातीय थे। श्रीमन्त की अध्यापिका माँ ने भी सगुन लेकर व्यावहारिकता दिखलाई। तय यह हुआ कि ब्याह उनका मेरा रिश्ता हो जाने के बाद ही होगा। भाभी का तो हाल यह था कि जहाँ कहीं भी मुझे लेकर बातचीत चलती, लड़का उन्हें हजारों में एक लगता और खानदान अपदस्थ राजघराना। मैं सब समझ रही थी। मेरी शादी की जितनी चिन्ता थी, उससे कहीं अधिक रूना के रिश्ते को रीति-रिवाजों का जामा पहनाने की हड़बड़ी भी कम न थी। उसी हड़बड़ाहट में भैया भी, लगता था, यह भूल गए थे कि मैं भी बी.ए. के अन्तिम वर्ष में हूँ। मैंने रूना से स्पष्ट कह दिया था—"लड़का बेशक घर से मजबूत न हो, मगर मुझसे अधिक पढ़ा-लिखा तो हो ही। फोटो-ओटो नहीं देखनी मुझे।"

भनक लगते ही भाभी भन्नाती कमरे में पहुँची थीं—"तुम कौन बैरिस्टर हो जो तुम्हें डॉक्टर, इंजीनियर ही चाहिए?"

"बी.ए. तो हो जाऊँगी।" मैंने सम्भवत: पहली बार उन्हें उत्तर दिया था।

"ये लो।" माथे पर हथेली पटककर कोसा था उन्होंने, "आ गए न लच्छन सामने!"

"इतना सोच-विचार करोगी बुआ तो जिन्दगी अकेले ही काटनी पड़ेगी।" प्रतिक्रिया में रूना ने कटाक्ष किया था।

"काट लेंगे।" दबूँ क्यों, सोचा था।

कितना बदलाव आ गया था रूना की सोच में! श्रीमन्त को पाकर समृद्धि-भाव का अहं-प्रदर्शन करती हुई गर्विता? भूल ही गई कि कहा करती थी, 'हम एक ही दूल्हे से शादी करेंगे, चलेगा न बुआ?' वही रूना मेरी उपस्थिति तक नहीं सह पाती अपने और श्रीमन्त के बीच। मेरी ना-नुकुर से अकारण उसकी शादी स्थगित होती रहे, यह भी बरदाश्त नहीं अब उसे। वरना इस तरह का ठेना देती? ठेना मारने वालों का मुँह सिलने वाली?

लगने लगा था, रूना समेत सारा घर मेरे खिलाफ षड्यन्त्र में मशगूल है। बात मेरी हो रही है, मेरे बारे में हो रही है, की जा रही है; पर यह अहसास पक्का होता चला गया कि रास्ते निकाले नहीं, बन्द किए जा रहे हैं। पढ़ाई से मन उचाट हो गया। कानों में खुसफुसाहटें दुबक गईं जिनकी सरसराहटें पल-पल चौकन्ना किए रहतीं। होने को तो यहाँ तक हुआ कि मैं कमरे में बतियाते श्रीमन्त और रूना को सुनने के लिए खिड़की की साँध पर कान टिका देती। कभी-कभी उन्हें छिप-छिपकर देखने की जलील कोशिश भी करती।

कितनी राहत मिली थी अचानक सलमा आपा से हुए परिचय से। छत से लगी छत थी। पड़ोसी सक्सेना ताऊ ने ऊपर का तल्ला उन्हें किराये पर उठाया हुआ था। छरहरी, खूबसूरत सलमा आपा जब रेशमी गरारे-कमीज में यहाँ से वहाँ डोलती फिरतीं तो महसूस होता कि कोई मुगल शहजादी एक मामूली-से मकान में बुरा वक्त गुजार रही है।

कुछ दिनों तक हम अपनी-अपनी अटारी की मुँडेर से लगे बतियाते रहे थे और परिवार के विषय से होते हुए अपने-अपने बारे में कहने-सुनने लगे थे।

आपा रूना को देखना चाह रही थीं, मिलना चाह रही थीं। मिलवाया तो उसकी सलोनी सादगी से बेहद प्रभावित हुईं। खटोले पर साथ बैठी पूछती रहीं कि शादी के बाद वह क्या करेगी? तीन-तीन ननदों की बड़ी भाभी होगी, कैसा लगेगा? सास क्या उसके परिवार में पहुँच जाने के बाद भी नौकरी करती रहेंगी? रूना आत्म-विश्वास से भरी-पूरी उस घर के आँगन, दालानों, कमरों और खमसारों में डोलने लगती 'अम्मा दो साल बाद रिटायर हो जाएँगी। खासी पेंशन मिलेगी उन्हें। एकाध साल के लिए पूरी जिन्दगी की मेहनत को फिजूल करने से फायदा? घर से फुरसत दे दूँगी उन्हें। पढ़ाई बन्द न करने का इरादा है। एम.ए. के बाद श्रीमन्त आगे चाहते हैं कि मैं पी-एच.डी. करूँ।

"तो फिर देर किस बात की है?"

रूना ने मुस्कुराकर दृष्टि घुमाई थी—"पहले इनकी नैया तो पार हो।"

मैं मुँडेर से सटकर जा खड़ी हुई थी।

देखने लगी थी नंगी छतों का अन्तहीन विस्तार जो मटियाती धूप के टुकड़ों में टुकुर-टुकुर आकाश निहार रहा था। उस दिन लगा था, छतें भी कितनी अकेली होती हैं...

सलमा आपा की बैठक में दाखिल हुई तो बेंतवाले लम्बे सोफे पर एक युवक को लेटा देख ठिठकी की। उर्दू की किसी पत्रिका की आड़ में था चेहरा। जमाल साहब कतई नहीं लगे। आपा के मुताबिक अभी उन्हें यात्रा पर ही होना चाहिए। कद कुछ अधिक ही लगा। सोफे से दो-ढाई फीट जूते समेत पाँव बाहर हो रहे थे। असमंजस में पड़ी सोच रही थी—आपा सम्भवत: रसोई में होंगी और वहीं चलूँ कि तभी मेरे कमरे में होने का आभास उन्हें हुआ। पत्रिका तहा एकदम हड़बड़ाकर उठ बैठे। चेहरा अपरिचित था।

"आपा रसोई में मेरे लिए पकौड़े बना रही हैं, बैठिये...बैठिये न!" मुझसे कहा गया।

दुविधाग्रस्त मन स्वयं को कोसने लगा। इतनी देर क्या सोचकर यहाँ ठहरी? सीधी आपा के पास रसोई में जा सकती थी न।

"प्लीज...प्लीज बैठिये न। मुझे शैकत कहते हैं। स्क्वाड्रन लीडर शैकत। निमा हैं न आप?"

नाम भी पता है! बैठते हुए कनखियों से उन्हें देखा। निगाह सीधे, एकदम सीधे मुझसे लिपटने लगी। लगा कि एकदम से उठकर भाग लूँ। किसी-किसी के देखने से लगता है कि जैसे कोई आपको देख नहीं रहा बल्कि बाजुओं में समेटे ले रहा है। 'टी पॉट' के नीचे से 'शमा' की प्रति उठाकर पलटने लगी।

"उर्दू पढ़ती हैं?"

अस्वीकार में सिर हिला दिया।

एक ठहाका उमड़ आया—"एक बिरादरी के हैं! मैं भी उर्दू में सिर्फ नाम-भर लिख लेता हूँ।"

क्या जवाब दूँ? पूछूँ कि क्यों नहीं पढ़ी? आखिर एक आदमी बातें कर रहा है तो तमीज का तकाजा है कि मैं भी कुछ-न-कुछ बोलूँ। पर क्या बोलूँ? जाने आपा इतनी देर रसोई में क्या कर रही हैं? निरुपाय नजर वहीदा रहमान की तसवीर पर अटक गई और बेमतलब देखती रही। नीचे जरूर कोई शेर लिखा होगा। यह भी खयाल आया कि जरूर मेरी चुप्पी उन्हें खल रही होगी। सोच रहे होंगे कि कैसी बेशऊर लड़की है। पर एकदम से तो किसी से बात नहीं की जा सकती। तब तो और भी जब सामनेवाले की आँखें लगातार आप पर टिकी हुई हों।

गला खँखारा गया।

"मैं समझ रहा था कि अभी यहाँ गरमी शुरू नहीं हुई होगी। यह आपा का कलर-सेंस बड़ा वाहियात है। ऑड लग रही हैं न ये हरी-हरी दीवारें! पूना कभी गई हैं आप? फैंटास्टिक प्लेस है। यहाँ से लौटने के महीने-दो महीने बाद ही शायद बंगलौर जाऊँ।" अपनी कहने का सिलसिला उधर से नहीं रुका।

उस दिन सामने नहीं देख पाई। आपा के अन्दर आ जाने के बावजूद।

"ये आपकी दोस्त तब से वहीदा रहमान और प्रेमनाथ की तसवीरें देख रही हैं...बोलना इन्हें पसन्द नहीं?"

और अनायास छत पर उतर आया जंगी जहाजों का शोर। शौकत पूना से छुट्टियाँ मनाने आए थे—वह भी खाकर और सोकर। घूमना-फिरना क्या?

"ऊपर आसमान से जो शहर दिखते हैं, अपनी नंगी अँतड़ियों की गुंजलक में असे-फँसे, वह नीचे नहीं देखने देते। मैंने सारे शहर आसमान से देखे हैं।"

शाम वहीं होती। प्रतीक्षा में रहते।

आसमान आहिस्ता से ऊपर से उतर सफेद खरगोशों की चौकड़ियाँ समेटे

मेरे कन्धों पर टिकने लगता। नजदीक और नजदीक...और एकाएक टिक जाता।

गुलाबों का जिक्र चला था। दूसरी साँझ सलमा आपा के लिए कत्थई गुलाबों की कलमें आईं। साथ आया खूबसूरत सीमेंट का चौरस गमला। पहुँची तो पाया कि छत की परली तरफ पहले से ही रखे दो-तीन गमलों के बीच बागवानी में जुटे हैं भाई-बहन।

"देर कैसे हो गई?" आपा ने बिना चेहरा घुमाए हुए ही पूछा। फिर खुद ही हँसी, "समझ गए!" संकेत श्रीमन्त की ओर था। उधर वे कमरे में कदम रखते, इधर मैं उठकर आपा की ओर चल देती। उन दोनों के लिए शाम जैसे तय थी। आज मसला विपरीत था। अब तक श्रीमन्त नहीं आए थे।

"कहा तो यही था कि साढ़े पाँच बजे तक आ जाऊँगा।" रूना दो-तीन दफा बेचैनी में दोहरा चुकी थी। अकसर कुढ़न श्रीमन्त के आने पर हुआ करती थी और आज उनके न आने पर हो रही थी।

शैकत के लिए मन बेचैन हो रहा था। उठते ही रूना ने टोका—"बैठो न, बुआ!" आग्रह में उदासी थी पर मैं रुक नहीं पाई। मनःस्थिति दोनों की वही थी। रुक भी नहीं सकती थी। वह रुकी थी क्या? और अगर उसी क्षण कहीं श्रीमन्त आ जाते तो क्या वही आग्रह बना रहता...

"हो गया।" आपा मिट्टी सने हाथ लिए उठ खड़ी हुईं—"तुम लोग यहीं बैठोगे?" फिर इधर-उधर देखा, "धूप तो रही नहीं अब खास।"

"यहीं ठीक रहेगा।" शैकत हाथ धोते हुए बोले, "चाय पिला रही हो?"

"बनाने ही जा रही हूँ।" वे रसोई की तरफ मुड़ गईं।

शैकत करीब आ गए, "तुम्हारे लिए मेरे पास क्या हो सकता है?"

"मेरे लिए?"

"ऑफ कोर्स!"

सोचने के लिए कहा जाता है तो कुछ भी नहीं सोच पाते।

"थिंक, थिंक...अच्छा, आँखें बन्द करो।"

कुछ भी नहीं हो पा रहा था।

सहसा एक हथेली मेरी आँखों से सट गई। महसूस हुआ कि किसी चीज को उठाने के लिए वे थोड़ा झुके हैं। कागज हटाने की सरसराहट-सी हुई—"हाथ बढ़ाओ, निमू! बढ़ाओ!"

"देखो!"

कुछ थमा दिया गया था हाथों में। पर बन्द आँखों से कैसे देखूँ? शैकत की तपती हथेली का कम्पन सिहरन-सा उतर रहा था मुझमें। खुद ही हथेली परे की तो देखा, सफेद गुलाबों की ढेर सारी कलियों का गुलदस्ता मेरे हाथ में था।

"उस रोज कहा था न तुमने तुम्हें...!" कई जोड़ी गरम साँसों ने अपने सीने में सहसा भींच लिया था।

कमरे में लौटकर उन्हें मुरादाबादी गिलास में सजा दिया। रूना ने पूछा तो कह दिया कि आपा लाई हैं। आगे उसने भी न पूछा। पर उसके देखने से आभास जरूर हुआ, कुछ पढ़ने की कोशिश की थी उसकी दृष्टि ने।

शहर जमीन पर भी खूबसूरत हो उठा था। हम बाहर भी मिलने लगे। बाहर घूमने भी लगे। मोती झील पर घंटों गुजर जाते।

एकाध लोगों ने हमें देख लिया। घर पर खबर पहुँचा दी गई। शैकत ने 'फैज' की गजलों के संकलन पर कुछ लिखकर दिया था—बतौर दस्तावेज हाजिर किया गया। उन शब्दों की मनमानी व्याख्या हुई और पड़ोस में मेरे उठने-बैठने की मनाही हो गई। शैकत से आइन्दा न मिलने की ताकीद भी। हालाँकि शैकत की छुट्टियाँ खत्म हो रही थीं और एकाध रोज में ही उन्हें लौट जाना था। कॉलेज के पते पर पत्र-व्यवहार का वादा लेकर वे पूना लौट गए। स्थिति की गम्भीरता से वे वाकिफ थे। निश्चित भी यही हुआ कि रूना का ब्याह हो जाए, तब तक हम रुकेंगे। मुझे घर में बस यह अल्टीमेटम दे देना होगा कि फिलहाल मुझे शादी नहीं करनी है और मेरी खातिर रूना को बैठाकर न रखा जाए। जबर्दस्ती की गई तो कुछ खाकर सो रहूँगी।

इसी बीच जो निर्णय श्रीमन्त के घरवालों की तरफ से हुआ, पूरा परिवार हिल गया। एकाएक सगुन लौटा दिया गया। बात न टूटे, इसकी भैया और बाबू जी ने पूरी कोशिश की; पर श्रीमन्त की माँ अपने निर्णय से इंच-भर न हिलीं। कुछ न हो पाया। श्रीमन्त मुझे बड़े दब्बू और कमजोर लगे।

सम्बन्ध टूटते ही रूना भीतर-बाहर, सब तरफ से दरक गई। तीन दिन कमरा बन्द किए पड़ी रही। बारी-बारी से सभी ने मनाया। बाबू जी उन दिनों दिल की कमजोरी के कारण सीढ़ियाँ नहीं चढ़ पाते थे। चढ़कर आए और बाहर खड़े

विह्वल-से पुकारते रहे उसे। निकली तो चेहरे पर अजीब-सी दृढ़ता खिंची हुई थी। मैंने भरसक कोशिश की कि वह कुछ हँसे-बोले ताकि सहज हो सके; पर मुँह फिरा वह कहीं शून्य में टँग जाती। निर्निमेष दीवारों, किताबों, अलमारी या पलंग की लटकती चादर के हिस्से को ताकती रहती। मन:स्थिति थोड़ी सामान्य हुई तो पाया—किताबें फिर से महत्त्वपूर्ण हो उठी हैं।

श्रीमन्त कई बार उससे मिलने आए। वह उठकर कमरे से बाहर हो गई। बिना कुछ बोले, बिना कुछ सुने। महेन्द्र भैया जब-तब श्रीमन्त को आरोप-मुक्त करते रहते। तीन छोटी बहनों को बिरादरी में सौंपना है उसे और जिस घर की लड़की के बारे में चारों तरफ उड़ा हुआ हो कि वह किसी मुस्लिम लड़के के साथ सरेआम घूमती-फिरती है, यहाँ तक कि छिपकर शायद ब्याह भी रचा लिया है, जाहिर है वे उस घर में बेटे का रिश्ता कैसे कर सकते हैं? हालाँकि श्रीमन्त और माँ के बीच बोलचाल बन्द है। पर माँ टस-से-मस नहीं हो रहीं। क्या करें श्रीमन्त?

महेन्द्र भैया के द्वारा किए गए 'सगुन' वापसी के तर्क मेरे गले कभी नहीं उतरे। श्रीमन्त की अध्यापिका माँ ने अवश्य किसी फायदे-नुकसान के तहत ऐसा निर्णय लिया होगा—यही लगा। बातचीत से ही वे मुझे बड़ी व्यावहारिक महिला लगी थीं। व्यावहारिक कहना उनके लिए स्वाभाविक भी था। वैधव्य की विकरालता से जूझते हुए उन्होंने बड़ी कठिनाई में अपने बच्चे पाले थे। उन्हें ऊँची शिक्षा तक पहुँचाया था। अच्छा भविष्य देना भी उनका लक्ष्य होगा। ऊँचे घराने से सम्बन्ध लेना और देना भी। श्रीमन्त को यह सब कुछ आसानी से मिल सकता था। बीस बिसुएवाले जो थे। मेरे प्रकरण से उनकी माँ की प्रच्छन्न व्यावहारिकता को फौरन बहाना मिल गया।

आत्मग्लानि मेरे खतों में उतरकर शैकत तक पहुँच-पहुँच जाती। वे शब्दों में बाँहों की गरमाई भेजते रहे। साथ होने का एहसास नहीं, साथ 'हूँ' का सम्बल—'सैनिक हूँ, निमो! ले लेना जानता हूँ, दे देना भी। पर तुम्हें नहीं दे सकता। नहीं छोड़ सकता और यह थोथा तर्क है कि तुम्हारी वजह से रूना की शादी टूट गई। वह टूट गई क्योंकि श्रीमन्त बेहद-बेहद कमजोर हैं। इतना आगे बढ़कर लौट पड़ना...'

मैंने उस दिन 'शेखर : एक जीवनी' पढ़ने में तल्लीन रूना को सीधी चुनौती

दी थी—"श्रीमन्त तुम्हारी खातिर लड़ नहीं सकते?"

कोई जवाब नहीं दिया उसने। पृष्ठों से अलग हो देखा तक नहीं। इस तिरस्कार ने तिलमिला दिया।

"वह एकाएक माँ के पल्ले से कैसे बँध गए? प्रेम का ज्वार उतर गया? या किसी चालीस बिसुएवाले ने फुसला लिया?"

पृष्ठों पर से एकाएक चेहरा अलग हुआ—"मतलब?"

"मतलब समझा रही हूँ।"

"मेरे लिए पूरा घर छोड़ दें?"

"पूरा न सही, थोड़ा ही। अकेले लड़के हैं। घर तो उन्हें नहीं छोड़ देगा?"

"पारिवारिक दायित्व भी तो कोई चीज होती है। और तुम्हारी तरह उन्हें हर आदमी महज अपने लिए ताक पर नहीं रख देता।"

गला लगभग रुँध गया, "ठीक है। श्रीमन्त रिश्ता वापस लेने की हिम्मत तो दिखाएँ मैं शैकत से मिलना छोड़ दूँगी!"

उपन्यास बैठे-बैठे ही उसने पलंग पर उछाल दिया। दृष्टि खिड़की के जँगले से उलझी रही। मैं कुछ सुनने की प्रतीक्षा में किसी पूर्व-परिचित गन्ध को टोहती रही कि एकाएक वह मुझसे लिपट जाएगी और हम अपने शरीर पर चढ़ आए अजनबीयत के लबादों को उतार, चिन्दी-चिन्दी कर देंगे।

वह उठी तो मैं चौंकी। पर जब तक कुछ सोचूँ तब तक वह सर्र से कमरे से बाहर हो गई। उठते हुए एक पल के लिए जो उसके चेहरे पर सख्ती खिंची थी, वह कितनी सवाक थी—मेरी सामर्थ्य की अकिंचनता का उपहास उड़ाती! जैसे कहा हो—'तुम? तुम क्या दे सकती हो?'

रूना! रूना...! मेरे भीतर ज्वार चीखता रहा। कितना कहना था... कितना कुछ!

जहाँ अकेला छोड़ दिया था उसने मुझे। स्क्वाड्रन लीडर शैकत न होकर कोई भी होता, कोई भी जिसकी बाँहें मुझे तिरस्कार, उपेक्षा, प्रताड़ना की निरन्तर कुरेद से मुक्त कर अपने होने की सार्थकता से भर देतीं तो मैं उसके प्रति भी इतनी ही आवेगमय होती।

घंटी तीन बार बजी है। यह मुनिया का लहजा है। उठती हूँ, उसे बताऊँगी तो उछल पड़ेगी। सोच ही नहीं सकती कि...

भीतर होते ही वह सहसा आँखें फाड़कर पलकें पटपटाती है—"मॉम! यू आर लुकिंग सो खुश! ममा, मामला क्या है?"

"कल्पना करो।" चहककर मैं उसे सीने के करीब खींच लेती हूँ।

"पापा, लैंड कर रहे होंगे?"

"नहीं..."

"तो?...तो, मॉम, रूना दि ग्रेट आ रही होंगी? है न! लेटर आया होगा न...वे जरूर कल आ रही होंगी। परसों तुम्हारी शादी की सालगिरह है न! मैंने उन्हें लिखा था।" वह ताली पीटती, उछलती, उतावली-सी कहे जा रही है, "मैंने उन्हें लिखा था—'सेल्फ की धूल मॉम तब से झाड़ने लगी हैं जब से उन तमाम किताबों के बीच मैंने आपकी किताबें चुन दी है, दीदी! सोलह को ममा की शादी की सालगिरह है...आप जरूर आएँगी तब...' कौन-सी गाड़ी से आ रही हैं, रूना दी? बोलो ममा! बोलो न!" मुनिया बेसब्र होकर झकझोर रही है।

कुछ भी तो नहीं बोल पा रही। भीतर कुछ बादल फट पड़े हैं...शैकत ठीक ही तो कहते हैं कि मेरे बच्चे बड़े परिपक्व हैं। मैं क्यों नहीं अपनी तरफ से एक खत डाल सकी कभी? क्यों नहीं अपने दुराग्रहों की कृपणता से उबरकर उसकी पीड़ा को कन्धों की आँच दे पाई? चाहे जितना लांछित करती वह, कभी तो... और आज...रूना, रूना! तुम्हारे सामर्थ्य के समक्ष मैं अपनी क्षुद्रता को महसूस करते हुए भी खुश हूँ...बहुत खुश!

"'गीतांजलि' से आ रही है।" मेरे होंठों से अस्फुट-से शब्द फूटते हैं। मुनिया सुनते ही छटककर टेलीफोन की ओर भागती है। बैग मेरे कन्धे पर लटका गई—"अराइवल टाइम पता करती हूँ, ममा!"

(1987)

दशरथ का वनवास

सहसा उसकी नींद उचट गई।

टेलीफोन की घंटी लगातार बजे जा रही थी। उठने की इच्छा बिलकुल नहीं हो रही है। उसका उठना जरूरी भी नहीं है। रघु तो घर में है ही। लेकिन क्या घंटी की आवाज उसे सुनाई नहीं दे रही है? हो सकता है, वह घर में ही न हो। कई दफे वह 'लैच' की चाबी लेकर बाहर निकल जाता है और बाजार का काम निपटाकर वापस लौट आता है।

घंटी बजे जा रही है।

उफ! लगता है, उसे उठना ही होगा। सिर बुरी तरह जकड़ा हुआ है। कनपटियों में धमाके-से महसूस हो रहे हैं। चादर परे करते-न-करते फिर अलसा गया और रघु के फोन तक पहुँचने की आहट लेता रहा। यही सोचकर कि यह भी तो हो सकता है कि वह घर से बाहर न गया हो बल्कि बाथरूम या पाखाने में हो! ऊँ हूँ! रघु शायद घर पर है ही नहीं। वह फोन रिसीव करेगा तो जो भी फोन पर होगा, तीन-चार मिनट तो बोर करेगा ही। वह अभी दो घंटे और जमकर सोने के मूड में है। हैंगओवर देह को जकड़े हुए है।

रात साढ़े चार बजे तक हंगामा चलता रहा था। काफी चढ़ गई थी उसे। बनर्जी ने आग्रह किया कि तू यहीं सो जा। तुझे कुछ ज्यादा हो गई है। वह ठहाका मारकर हँस पड़ा था। अपना जवाब याद है उसे—"अबे, ज्यादा तुझे हो गई है। इस हालत में भी मैं पूना तक मजे से ड्राइव कर सकता हूँ।"

मिसेज सूरी ने भी आग्रह किया, "रुक जाइये न!"

"साथ देंगी?"

वे झेंप गई थीं।

छिह, पीने के बाद वह कितना अभद्र हो उठता है! इस वक्त सोचकर झेंप लग रही है।

कुछ समय के लिए खामोश हो गई घंटी फिर बज उठी। कोई लगातार कोशिश कर रहा है।

कोई चारा नहीं। चादर परे फेंककर उठ बैठा। पैरों में चप्पल फँसाकर लगभग अपने को घसीटते हुए टेलीफोन तक आया और रिसीवर अलग रख दिया। वापस बिस्तर पर पहुँचा और तकरीबन गिरते हुए धम्म-से लम्बा हो गया।

सुधा को इतने दिनों के लिए उसे अकेला छोड़कर नहीं जाना चाहिए। विशृंखल हो उठता है। उसकी अनुपस्थिति को निर्द्वन्द्वता की सीमा तक जीने लगता है। अतीत के दृश्य चील-कौओं-से जहन में मँडराने लगते हैं। वह अवश-सा अपने ऊपर व्यतीत को गुजरते महसूस करता है...

यही कोई बारह-तेरह साल का रहा होगा। उस दिन स्कूल न जाकर बहुरे के साथ पक्के ताल में सिंघाड़े चुनने घुस गया था। कमीज सिंघाड़ों से भर गई तो बाहर आने के लिए पलटा कि तभी कौओं की काँव-काँव अपने सिर पर मँडराती दिखी। भयभीत हो हकबका गया। सिंघाड़े पानी में पसर गए। तब तक बाहर नहीं आ पाया जब तक कौओं का शोर दूर न चला गया। बहुरे की कमीज सिंघाड़ों से भरी हुई थी। उसे देख-देखकर वह हँसी से दोहरा हो रहा था—"चूतिया नहिकय...सरू पिद्दी हौ पक्के! फेंक के मारक रहस्य दुईचार सिंघाड़ा कौवन का!"

पिद्दी!

उस घर में वह बन भी क्या सकता था?

कैसे वह सुधा से मिलते ही स्वयं को मजबूत और सुरक्षित महसूस करने लगा था! दोस्त उसके बीवीपने से वाकिफ थे। मजाक करते—"बच्चे कैसे हैं, भाभी?"

"मजे में हैं।"

"सुना है, तीसरे की तबीयत कुछ गड़बड़ है?"

"होगी नहीं? भई, आवारा दोस्तों की सोहबत में जो पड़ गया है। रात चार बजे घर लौटा। सुबह आधासीसी शुरू!"

"आपने कुछ ज्यादा ही ढील दे रखी है, भाभी।"

"सोचती हूँ, जब घेरनेवाले पिंड ही नहीं छोड़ते तो भला कहाँ तक बाँध के रखूँ!"

"भाभी! उसने तो हमें बरबाद कर रखा है और आप हमें..." ठहाके के गुब्बारे अचानक बैठक की छत से जा चिपकते।

दफ्तर से जब वह घर लौटता है, टीनू और मोना के साथ खूब हुड़दंग मचाता है। महसूस करता है कि जैसे अपने बचपन को वह नए सिरे से ही जी रहा है, बचपन जो बाबू ज़ी ने कभी उसे जीने नहीं दिया। यही वजह है कि टीनू और मोना के मुँह से फरमाइश हुई नहीं कि फौरन तामील होती है। भले सुधा दलीलों पर दलीलें थमाती रहे कि वह बच्चों को लड़ियाकर उन्हें उद्दंड बना रहा है। सुधा अकसर ठेना मारती है कि हमारा जमाना था, बच्चे माँ के पीछे पगलियाए रहते थे, आजकल ठीक उलटा है।

उसके गाड़ी पार्क करते, न करते वे दोनों दौड़कर दरवाजा खोल लेते हैं। मोना पिछली सीट पर रखा उसका भारी-भरकम बैग उठा लेती है। टीनू लड़ने लगता है—"पापा! रोज-रोज बैग यही उठायेगी क्या?" वह हाथ की डायरी उसकी ओर बढ़ा देता है। पर टीनू जिद पर अड़ जाता है—उसे बैग ही चाहिए। हमेशा दोनों बैग के पीछे लड़ पड़ते हैं।

वह दोनों को लिफ्ट में खींचकर पाँचवें माले का बटन दबा देता है।

"मोना बेटे, आज बैग टीनू दादा को दे दो।"

"पापा, ये जलनखोर है।"

"जलनखोर तो तू है और गन्दी भी है। बताऊँ पापा को? पापा, पापा, आपको नहीं पता...सामनेवालों के वो गोवानी आया है न, लिली! ये उससे चाकलेट माँगकर खाती है।"

"झूठा...एकदम झूठ! पापा, आपको बताऊँ! ये टीनू है न..."

"दादा बोलो, बेटे।" वह बीच में टोकता है।

"दादा! ये दादा माली के बेटे के साथ रोज गोटी खेलता है। वो कितना गन्दा है. पापा! स्कूल नईं जाता है।"

टीनू मोना को मारने झटपता है कि लिफ्ट पाँचवें माले पर ठहर जाती है। तकरीबन रोज यही तकरारें होती हैं उनकी। लिफ्ट से बाहर होते ही वह उन्हें याद दिलाता है कि वे आपस में इस कदर लड़ रहे हैं कि रोज की भाँति उसकी पप्पी लेना भी भूल गए हैं। अब तो दो-दो देनी होंगी ब्याज समेत वरना कल से वह दफ्तर से घर नहीं आएगा। दोनों खिसियाकर उससे लिपट जाते हैं।

किसी की आहट स्मृतियों का सिलसिला भंग कर देती है।

"कौन, रघु?" तकिये में मुँह धँसाये हुए ही वह पूछता है।

"जी सा'ब।"

"घर पर नहीं थे?"

"कपड़े लाने लांड्री गया था।"

"टेलीफोन परेशान कर रहा है। तुम बैठकवाले कनेक्शन पर लगा लो। मैं एकाध घंटे सोना चाहता हूँ।"

"जी।"

"कोई पूछे तो कह देना, मैं घर पर नहीं हूँ। नम्बर लिख लेना उसका।"

कल रात ज्यादा ले लेने के पीछे किसी हद तक कारण ईश्वर अंकल की चिट्ठी था। चिट्ठी को कठघरे में खड़ी करती इबारतों को छूकर भीतर शान्त दबी पड़ी लहरें ज्वार-सी लपटें भरने लगी थीं।

ईश्वर अंकल का आरोप—'तुम निहायत कमीने बेटे साबित हुए हो। देखभाल तो तुम्हारे बगैर भी ठीक-ठीक हो रही है उसकी। इतना बड़ा परिवार उसने अपने कन्धों पर ढोया है। चार कन्धे उसके लिए भी तैयार हैं। हफ्ते-भर पहले ही उससे मिलने गया था, तुम्हारे बारे में जानना चाहा तो उसकी निस्तेज आँखों में मुझे अवसाद और क्षीण आशा के मिले-जुले पहाड़ ऊभ-चूम होते दृष्टिगत हुए। जितनी भी देर उसके करीब बैठा रहा, उन्हें लाँघ नहीं पाया। उसके शब्द थे—अपने घर-बार में वह खुश है, ईश्वर...सब ठीक है। तुम्हें यह सब लिखना एक फर्ज अदायगी मात्र है।'

'फर्ज'! इस शब्द के अर्थ ईश्वर अंकल ने कभी बाबू जी को क्यों नहीं समझाए? उसके लिए क्या किया? गाँव में रहा तो किसी तरह हाईस्कूल कर

लिया। आगे के लिए उन्होंने उसे छात्रावास में न रखकर अपने मित्र ईश्वर अंकल के पास इलाहाबाद भेज दिया था। मित्र की निगरानी में।

पितृहीन तो वह माँ के जिन्दा रहते ही महसूस करने लगा था। जिस शख्स की पहचान उसे बाप के नाम पर दी गई थी, उससे अपनी उम्र के बाईसवें साल तक—और तब तक ही उस घर से उसका रिश्ता रहा—कुल जमा दो सौ शब्दों से अधिक बातें नहीं हुई होंगी। शेष जितना भी कहा-सुना गया, सब बाबा की मार्फत। उस घर में अपने होने के एहसास को भी वह जब तक जिया, बस माँ और बाबा की मार्फत...

पियारे खबर लाया था। नहर आ गई है। काका खेतों में पानी काटने निकले। साथ में मजूर भी बल्लम-भाला लिए चलने को उद्यत हुए। उसका भी मन ललक आया। काका से जिद करने लगा कि वह भी खेतों में पानी देने उनके साथ चलेगा। काका ने समझाया कि एक तो रात-बिरात का मामला है, तिस पर कभी-कभार पानी की कटाई पर फौजदारी भी हो जाती है पटियइतों के संग। काम में जुटते ही उसकी सुध कौन रखेगा? लेकिन वह टस-से-मस न हुआ। हारकर काका को उसे संग लेना ही पड़ा।

वे अभी खेतों से कोस-भर दूर ही थे कि सहसा काका उसकी चीख सुनकर चौंक पड़े। वह मेड़ पर पसरा, पाँव पकड़े 'दैया, दैया' कर रहा था। पियारे के हाथ में लटकती लालटेन की रोशनी उसके पाँवों पर बिछ गई। रोशनी के छत्ते में उसने मेड़ की ढाल पर छितरी भटकटैया की बेल में बिलाती बीछी (बिच्छू) को देख लिया।

काका आशंकित हो बिरझा उठे—"अरे, साँप तो नहीं काटि खाइस?"

वह झूठ बोल गया, "कुछ सुरसुराया तो था, काका।"

काका ने पियारे को आदेश दिया, "बबुन का कनिया मो उठाइ लियो अउर सरपट लै चलो घरै।"

घर में कुहराम मच गया। अनहोनी की आशंका से विह्वल माँ छाती कूट-कूटकर दुश्मन सरापने लगीं। झड़वइए-फुँकवइए इकट्ठे हो गए। कौड़ियाँ फेंक-फेंककर मन्तर पढ़े जाने लगे। पीड़ा तो हो रही थी पर जान-बूझकर वह बुम्बुआ-बुम्बुआकर कराहने लगा, जैसे कि प्राण अब निकले तब निकले।

आसपास जुटा जमघट उसे सन्तुष्ट कर रहा था। 'बाबू जी के होश भी आज फाख्ता हो जाएँगे। इकलौता जो है!'

कानों में बहुत-सी आशंकाएँ टपक रही थीं।

'देबिन के चौरे के बगल वाली मेड़ पर तो भैयाऽऽ, गेहुँअन रहता है! दादा, छेदी के नाती को दौड़ा लिहिस रहे फन-फना के बीते पूस की एक दुपहरिया को। वही तो नहीं कहीं डस लिहिस?'

तभी सुना, माँ बेहोश हो गईं। दाँत बँध गए उनके। कानों में पड़ी समवेत खुसफुसाहटें—'हटो, हटो भैया, लम्बरदार आ रहे हैं। पुरवा गए थे। बस अबहिन लौटे हैं।'

चढ़ती बेहोशी में भी वह चौकन्ना हो उठा, 'बबुन!'

बाबू जी की रोबीली आवाज ने उसे लगभग झिंझोड़ दिया था—"साँप ने काटा कि बीछी ने?"

बेहोशी की लहर झड़ गई। मुँह से निकला, "बीछी ने।"

"ठीक से देखा था?"

"देखा था, पियारे ने लालटेन नीचे की थी तो बीछी को भटकटैया में बिलाते (छिपते) देखा था।" सच मुँह से निकल गया। उनके होश फाख्ता करने की मंशा धरी-की-धरी रह गई।

"सुअर! पक्का स्वाँगी है।"

उनकी पदचाप आँगन, दहलीज पार करती दूर हो गई। उसके माथे पर न उनका हाथ आया, न माँ की तरह उनके दाँत भिंचे, न वे उसे कुछ हो जाने के भय से आशंकित हुए। बाबा झड़वइयों से अलबत्ता चिरौरी करने लगे थे कि बीछी भी कम विषैली नहीं होती...

बाबू जी कभी उसे 'महाबीरन' का मेला घुमाने नहीं ले गए। न कभी उसे रंगीन काँचोंवाला चश्मा ही दिलाया, न गैस का गुब्बारा। सहपाठी अवधेश और रामेसुर जब मेले के अपने-अपने किस्से सुनाते, लाई हुई चीजें दिखाते तो वह मन मसोसकर रह जाता।

अपने को लेकर उसने कभी बाबू जी को सहज नहीं पाया—"सोकर उठा नहीं अभी तक? खटिया खड़ी कर दो पाजी की! सा-ला-आ दलिद्दर है। जब देखो तब पसरा पड़ा रहता है।" उनका रोबदार स्वर उसे क्या, पूरे घर को थर्रा देता।

माँ भुनभुनातीं—"उठ न बबुन! मेरे भी हाड़-गोड़ तुड़वायेगा अपने संग।"

...उस दिन तो उन्होंने सचमुच उसकी खटिया उलट दी थी। आँगन के पक्के फर्श पर वह धड़ाम से गिर पड़ा था। छठी कक्षा में था तब।

"धूप चढ़ आई तो कऊन आसमान टूट पड़ा? कोई बच्चों के साथ इतना बर्बर सुलूक करता है! मनौतियों से तो औलाद का सुख पाया है। सीधे-सीधे घिंघई काहे नहीं दबा देते? सारे जंजालों से मुक्ति पा जइहो!" माँ बाबू जी के सामने तन गई थीं। बाबू जी आपा खो बैठे थे। उसके ही क्या, सबके सामने उन्होंने माँ को बेंत से पीटा था। माँ की चीखों के सुर में सुर मिला। वह भी चीखता-चिंघाड़ता रहा था, पर किसी की मजाल जो बाबू जी का हाथ पकड़ लेता! बड़ी अम्मा बचाने आगे बढ़ीं भी तो बाबू जी ने उन्हें वहीं डपट दिया, 'आगे मत बढ़ना भौजी।'

कोठरी में कराहती पड़ी अम्मा के सामने उसने अपनी किशोर मुट्ठियों को आक्रोश से थर्राते हुए भींच लिया था। घोषणा की थी कि अबकी अगर बाबू जी ने तुम्हारे ऊपर भूले से भी हाथ उठाया तो ठीक नहीं होगा। दहलीज में टँगी उन्हीं की दुनाली उतारकर न उन पर दाग दूँ तो रघुराज सिंह का पोता नहीं।

अम्मा तमककर उठ बैठी थीं, "नासिकाटे नाहिं के!...अपने बाबू जी बरे ऐसे कुबचन बोल रहे हो!"

"तुमको मारा क्यों?"

"मारिन, अपनी मेहरिया का मारिन। का करिहो?"

दंग रह गया। अजीब लगी थीं माँ। उस दिन वह स्कूल के लिए घर निकला तो जरूर था पर स्कूल जा नहीं सका। दोओ के बाग की मेड़ पर बस्ता पटककर कच्चे अमरूद ढेले मार-मारकर टपकाता रहा। ठीक उसी समय घर पलटा जब दूर से उसने बच्चों को लौटते देख लिया। घर पहुँचकर पाया कि माँ हमेशा की तरह चूल्हे के सामने बैठी रोटियाँ पो रही थीं और काका चौके में बैठे खा रहे थे। वही रोज का दृश्य। चार कोस खेतों की मेड़ चलते हुए वह जब गाँव का तपता गलियारा पार कर अपने दरवाजे पहुँचता तो पाता कि बाबू जी ओसारे में पड़े निवाड़ के पलंग पर खा-पीकर सुस्ता रहे होते। नियम उस रोज भी नहीं टूटा था। बाबा दमा के मरीज थे। उनकी खटिया चौबीसों घंटे दहलीज में ही पड़ी

रहती—सिरहाने मिट्टी और राख से भरा तसला रखा रहता जिसमें वे खँखार-खँखारकर बलगम थूका करते।

जैसे ही वह दहलीज में कदम रखता, आहट पाकर बाबा अपनी मिचमिची आँखें खोल देते—"आ गए, बबुन!" फिर एक लम्बी साँस को छोड़ते-खींचते वाक्य पूरा करते—"जा, हाथ-मुँह धो ले। दुलहिन रास्ता देखती बैठी है चौके में।"

वह खमसार की हचमची खटिया पर पलटे पड़े गद्दों के ढेर पर बस्ता लापरवाही से उछाल देता। तमाम मिन्नतों और चिरौरियों के बावजूद हाथ-पाँव धोने का सब्र न सँजो पाता।

औरों की देखा-देखी अब वह बस्ता छोड़कर हाथों में किताबें लाने-ले जाने लगा था। कितनी बार उसने बाबा से आग्रह किया था कि बाबू जी से कहकर या तो वे उसे नई साइकिल लिवा दें या फिर उनसे उनकी ही साइकिल का उपयोग करने की अनुमति दिलवा दें। आठवीं-नौवीं कक्षा के जितने भी विद्यार्थी दूर से आते हैं, सब साइकिल पर आते हैं। कइयों के पास तो घड़ी भी है!

'कहूँगा, कहूँगा' कहकर बाबा उसे बहला देते। आगे भी बस बहलाते-भर रहे। बाबू जी से कहने की हिम्मत शायद उनमें भी नहीं थी। इसीलिए कुछ ही दिनों बाद उन्होंने कहना शुरू कर दिया था, 'पेंशन आने दे। ले दूँगा।' पर साइकिल नहीं आ सकी; क्योंकि पेंशन के पैसे आते ही बाबू जी के हाथों में चले जाते।

उस रोज वह दुस्साहस कर बैठा था। बाबू जी की जेब से उसने चुपचाप साइकिल की चाबी निकाल ली। वे घर पर थे नहीं, सुबह की बस पकड़कर कानपुर पेशी के लिए निकल गए थे। कानपुर गए हैं तो कुबेरिया से पहले क्या लौटेंगे! यही सोचकर बड़े इत्मीनान से उसने सबकी नजरें बचाकर, कैरियर पर किताबें-कॉपी जमाईं और पिछवाड़े से घूमकर स्कूल भाग लिया था। उसके सहपाठियों ने उसकी चमचमाती साइकिल को बार-बार छुआ था और ढेर सारी जिज्ञासाओं एवं प्रशंसा-वाक्यों से उसे लाद दिया था कि वह सचमुच भाग्यशाली है जो उसे नई साइकिल मिली है। एक वे हैं जो खड़खड़िया में जैसे-तैसे गुजर

कर रहे हैं, जिनकी कि दसियों बार चेन उतर जाती है और दो-एक रोज में पंचर फुस हो जाता है।

वापसी में जैसे ही उसने गाँव का तपता गलियारा पार किया, साइकिल पंचर हो गई। उसके हाथ-पाँव फूल गए; किन्तु बाबू जी की अनुपस्थिति ने मन को ढाँढ़स बँधाया। जैसे रखी थी ठीक उसी तरह खड़ी कर ताला लगा देगा। चाबी खूँटी पर टँगे, बाबू जी के कुरते की जेब में सरका देगा। कह देगा, उसे क्या पता कि कैसे पंचर हो गई। पहले तो वे उससे पूछेंगे ही नहीं, उस पर अन्देशा ही नहीं होगा कि वह बगैर उनकी आज्ञा के साइकिल छूने की हिम्मत कर सकता है।

आशा के विपरीत बाबू जी अपने निवाड़वाले पलंग पर उठंगे बैठे थे। यह उसे बाद में पता लगा कि उन्हें बस अड्डे पर जाकर पता चला कि कल रात से ही शहर जाने वाली दोनों बसें बिगड़ी पड़ी हैं और उन्हें बनने में चार घंटे खप जाना मामूली बात है। वे आज पेशी पर तो किसी हालत में नहीं पहुँच सकते। वकील तारीख ले लेगा, यही सोचकर वे घर लौट आए थे—ठीक उसके निकलने के करीबन आधा घंटा पीछे।

बेंत की मार ने देह के कई हिस्सों की खाल उधेड़ दी। दुआरे के बीचोबीच खड़े बूढ़े नीम की छतनारी छाँह में टपकती निबौरियों से टपकते उसके आँसुओं को, बीच दरवाजे की आड़ से लगी माँ उसे पिटता देखती रहीं और गुहार-गुहारकर रोती रहीं।

बाबा बिस्तर से कम ही उठते थे। उस पर पड़ रही मार ने उनका दिल दहला दिया। देहरी लाँघकर बाबू जी तक पहुँच गए थे। हाँफते-खाँसते चीखे थे, “छोड़ दे, केदार। अरे, इतना तो कोई ढोर-ढमार को भी नहीं कूटता!” उन्होंने बाबू जी के हाथ से बेंत छीन लिया था।

बाबा न पहुँचते तो शायद बाबू जी उसकी जान लेकर ही छोड़ते।

चार दिनों तक स्कूल नहीं जा पाया था। उसके बाद जब-जब उसारे के निकट से गुजरा, चमचमाती साइकिल को देखकर आग लग जाती देह में। प्रतिशोध फुफकारने लगता है कि दुनाली उतारकर...

अपने दोस्त की बुआ के घर से जिस दिन वह हाईस्कूल का आखिरी परचा देकर लौटा था, बाबा की खटिया दहलीज में खाली पड़ी थी।

जाने से पहले भी तो बाबा से उलझा था—"बाबा! सब लड़के फुलपैंट पहनकर और घड़ी बाँधकर परीक्षा देने जा रहे हैं।" हमेशा की तरह उस रोज भी बाबा ने उसे बहलाया था—"बबुन! अगली पेंशन पर पैंट बनवा दूँगा।" घड़ी के नाम पर उन्होंने अपनी जेबघड़ी उसे थमा दी थी—"टाइम देखने के लिए साथ लिए जा।"

हम्फनी साँसों की घरघराहट दहलीज की गोबर-पुती फर्श पर नासूर-सी दब गई।

अटारी की घुमावदार अँधेरी सीढ़ियों के एक कोने से लगकर, वह मुट्ठियों में घड़ी भींचे, घंटों हिचकियाँ भरता रहा था...

'खट्।'

"कौन?"

"मैं, सा'ब।"

"जरा फैन तेज कर दो।"

रेगुलेटर की कड़कड़ाहट के साथ ही हवा में अन्धड़-सा दौड़ने लगा।

दोपहर को वह दिल्ली ट्रंककॉल बुक करेगा। भाई साहब से कहेगा कि सुधा और बच्चों को वे इसी हफ्ते मुम्बई वापस भेज दें।

वह अकेले नहीं रह सकता। कितना अकेला और असुरक्षित महसूस करता है वह उनके बगैर। हालाँकि भाई साहब उसकी बात से सहमत नहीं होंगे। उनका बराबर आग्रह होगा कि जब सुधा दिल्ली आई ही है तो रवि की मँगनी तक रुक जाए। लेकिन नहीं, वह उनकी एक नहीं सुनेगा। टीनू और मोना के स्कूल भी तो परसों से खुल रहे हैं। इसी बहाने पर दृढ़ रहेगा। मोना की आवाज सुनने को तरस गया है। बहरहाल कुछ भी हो, वह हर हाल में सुधा और बच्चों को पास चाहता है। ईश्वर अंकल की चिट्ठी से उपजी उद्विग्नता को वह बगैर सुधा से बाँटे झेल नहीं पा रहा।

टीनू और मोना के स्कूल खुलने के प्रसंग से स्मृतियों ने करवट भरी। कॉलेज खुलनेवाले होते तो वह ठीक एक रोज पहले इलाहाबाद के लिए निकल पड़ता। अम्मा ढेर सारी पोटलियाँ उसे गिनाने लगतीं।

'यहि पिपिया मा पाँच सेर घी रजाँय दीन्ह है...'

'यहि मा शक्करपारे धरे हैं। अउर, यह पोटलिया मा चना-लाई अउर गुड़ कै भेली धर दीन्ह है। ईश्वर भैया की दुलहिन मँगवाइन रहैं।'

'सतुवा लइ जइहौ?'

बड़ी अम्मा हर बार की तरह अपने भीगे स्वर में हिदायत दोहरातीं, "रास्ता देखति रहति है छौनी...चिट्ठी तनिक जल्दी-जल्दी डारा करौ, बबुन।"

घर से दूर रह रहा था तो लगा कि बाबू जी चिट्ठी जरूर लिखेंगे। उसके बाद वह उन्हें तमाम खत लिखेगा। किन्तु उसके नाम कभी खत नहीं आया। ईश्वर अंकल के नाम आए उनके खतों को वह थूक से गीला कर उनके खोलने से पहले सबकी आँख बचा के खोल डालता। 'बबुन की पढ़ाई कैसी चल रही है? आशा है कि वह ठीक होगा। किसी बात पर ढील न देना। बच्चे बिगड़ जाते हैं इस उम्र में। उसकी शादी के रिश्ते आ रहे हैं।' यही एकाध पंक्तियाँ उनकी अन्य बातों से भरे पन्नों में उसके लिए होतीं। मन कसैला हो बुझ जाता। लिफाफे को चिपकाकर वह अन्य चिट्ठियों के बीच अंकल की टेबिल पर यथास्थान रख देता और दृढ़ निश्चय करता कि वह दोबारा उनके नाम आए बाबू जी के खतों को नहीं खोलेगा। आखिर उन खतों में उसके लिए होता ही क्या है!

बी.आर.सी. से उसे साक्षात्कार का बुलावा मिला तो खुशी से उमड़कर उसने पहली दफा बाबू जी को पत्र लिखा था और उनसे आशीर्वाद चाहा था। जवाब फिर भी न आया। ईश्वर अंकल के खत में ही उसके पत्र का जिक्र था और आशीष भी। साक्षात्कार में जाते हुए वह मन-ही-मन भयभीत था। पहला-पहला साक्षात्कार था और पहली दफा ही वह किसी महानगर की यात्रा पर जा रहा था। हालाँकि ईश्वर अंकल ने मुम्बई स्थित अपने बड़े भाई साहब को उसके बारे में पूर्व-सूचना भिजवा दी थी कि रमानाथ मुम्बई में उनके घर ही कुछ दिनों के लिए ठहरेगा। उनका जवाब भी उसके इलाहाबाद छोड़ने से पहले ही आ गया था। उन्होंने रमानाथ को किसी प्रकार की असुविधा न होने का आश्वासन दिया था।

साक्षात्कार देकर इलाहाबाद लौटा तो बेहद प्रसन्न था; मगर तभी एक दिन घर से बनवारी काका उसे लिवाने आ पहुँचे थे। "दुलहिन को खून की कै हो रही है। आज कल की बात है। पता नहीं कब धोखा दे जाएँ।"

उनके लम्बे नि:श्वास ने उसे विचलित कर दिया था। कहीं माँ भी बाबा की तरह उससे मिले बगैर न चल दें! पर माँ उसकी प्रतीक्षा कर रही थीं। पीली पलकों को सयत्न उघाड़कर उन्होंने उसे देखा था। उसे महसूस हुआ था कि बनवारी काका झूठ बोल रहे थे कि दुलहिन को खून की कै हो रही है। खून की कै माँ कैसे कर सकती हैं? इस ठठरी-से शरीर में अगर खून होता तो वे कुछ महीनों और इस घर का चूल्हा-चौका न फूँकतीं।

"बबुन!" माँ ने बस उसे एक ही बार पुकारा था और उनकी पुतलियाँ उलट गई थीं।

'महतारी कै मया दइया...अकेल लड़िका कय देखै का खातिर जिउ अटका रहय।'

'दुइ दिन से रटति रहय दुलहिन, बबुन का बुलवाय देव...बबुन नहीं आवा?'

'रहय तो किस्मतवाली...मनई और जवान बेटवा के कन्धे चढ़ि के जाए रही है...'

माँ को नहला-धुआकर नई साड़ी पहना दी गई थी। पैरों में आलता, माथे पर बिन्दी, माँग में सिन्दूर भर दिया गया। उसकी सूजी हुई आँखें टकटकी बाँधे रही थीं। माँ को इतनी सजी-धजी उसने कभी नहीं देखा था, न इतनी सुन्दर!

अटारी की उन्हीं अँधेरी सीढ़ियों पर वह घंटों बैठा रहा था जहाँ बाबा के मरने पर बैठकर रोया था...

"सा'ब, आपका फोन है दिल्ली से।" रघु तकरीबन फुसफुसाता है कानों के करीब।

वह चौंककर उठ बैठता है। दिल्ली! सुनते ही अनायास फुर्ती महसूस होती है। चप्पलें खोजने के लिए वह पैरों को फर्श पर आगे-पीछे सरकाता है। एक मिल जाती है; दूसरी पलंग के काफी नीचे सरक गई है। धनुषाकार झुककर वह

चप्पल बाहर खींच लेता है। इस दरम्यान उसकी कोशिश अपने को प्रकृतिस्थ कर लेने की होती है। फोन पर जरूर सुधा होगी और उसकी विशृंखलता को 'हलो' के प्रत्युत्तर के साथ ही भाँप लेगी। बालों को दाहिने हाथ से सुलझाते हुए वह रिसीवर कान से लगा लेता है।

सुधा के भाई साहब हैं। सुधा को फोन पर अनुपस्थित पाकर एक अनिच्छा स्वर के उत्साह को घोंट देती है। भाई साहब कह रहे हैं कि वे सुबह से लगातार फोन लगा रहे हैं किन्तु नम्बर ही नहीं लग रहा। और न ही आउट ऑफ ऑर्डर फोन था? क्या कहे? उसने ही तो रिसीवर उठाकर रखवा दिया था। सहसा सुधा और बच्चों को कल ही कोई व्यवस्था करके भेज देने की बात से सहसा हुड़क आई। कहने को तत्पर हुआ ही था कि तभी "हलो! रमानाथ! सुनो, आज 'डीलक्स' से सुधा और बच्चों को मुम्बई के लिए बैठा दिया है। कल चार या चार बीस के करीब तुम उन्हें दादर पर ही उतार लेना। बोगी एस फोर है। हलो, पहुँचने का समय ठीक से पता कर लेना जरा।" भाई साहब ने सूचना दी उधर से।

वह एकाएक स्फूर्ति से भर उठा। भाई साहब से इतने ठंडे स्वर में नहीं मिलना चाहिए था। वैसे ही वे लगातार पूछ रहे हैं कि आखिर वह इतना उखड़ा-उखड़ा क्यों है। तबीयत तो ठीक है उसकी?

"इधर का चक्कर कब लगा रहे हैं, भाई साहब?"

"बस किसी ऑफिशियल टूर के जुगाड़ में हूँ। मौका लगते ही दो-तीन दिनों के लिए तुम लोगों के पास रहूँगा।"

"ओ.के...हाँ, सुधा के ठीक-ठाक पहुँचने पर फोन कर देना..."

"ओ.के. बाय!"

वह फोन रख देता है।

नन्हीं-नन्हीं बाँहों को आसमान की ओर फैलाकर मोना बताती है, "यू नो पापा! कुतुबमीनार इतनी ऊँची है, इतनी ऊँची है कि जो उसे गरदन उठाकर देखता है न, उसकी टोपी नीचे गिर जाती है।"

"अच्छा! और जिसने टोपी न पहनी हो?" साश्चर्य आँखें फाड़कर वह मुग्ध-सा पूछता है।

मोना निरुत्तर हो उठती है। टीनू आँखें चमकाकर उसकी खिल्ली उड़ाते हुए कहता है—"मोना बुद्धू है। मैंने नाना जी को बताया कि कुतुबमीनार ऊँची जरूर है मगर मुम्बई में तो इससे भी ऊँची-ऊँची बिल्डिंग हैं।"

वह पूछने जा ही रहा था कि और क्या-क्या देखा उन्होंने कि अचानक मोना उससे बड़ा अजीब सवाल कर बैठी, "पापा, मम्मी के डैडी से तो हम हमेशा मिलते हैं, आपके डैडी से क्यों नहीं मिलते?"

क्या जवाब दे? सुधा और उसने क्षणांश एक-दूसरे को देखा। बच्चे बड़े हो रहे हैं, उनकी जिज्ञासाएँ अस्वाभाविक भी तो नहीं हैं।

मोना का सुर उसी प्रश्न पर अटक गया था—"बोलिये न पापा! आपके डैडी हमारे दादा जी होंगे न?"

सच्चाई नहीं निकली मुँह से—"बेटे...नाना जी जो हैं न, वही तुम्हारे दादा जी हैं।"

"झूठ! कैसे होंगे वे दादा जी? मामा के बंटू से हमने पूछा कि तुम हमारे नाना जी को दादा जी क्यों कहते हो तो उसने ही समझाया कि नाना जी तो तुम्हारे हैं क्योंकि तुम्हारी मम्मी के डैडी हैं। मेरे तो वे दादा जी हैं क्योंकि मेरे पापा के पापा हैं।"

"हमारे दादा जी नहीं हैं?" अबकी मोना की जिज्ञासा में टीनू का प्रश्न भी सम्मिलित हो गया।

पता नहीं वह कैसे बोल गया, "तुम्हारे दादा जी तो...बहुत पहले ही स्वर्गवासी हो गए...तब मैं बहुत छोटा था..."

सुनकर मोना का चेहरा उतर गया।

"जाओ, खेलो जाकर।" वह अधिक देर तक उनका सामना करने की हिम्मत स्वयं में छीजती हुई अनुभव कर रहा था।

गनीमत थी कि बच्चों ने पलटकर उससे बहस नहीं की।

सुधा खिन्न मन से बालकनी में जाकर खड़ी हो गई।

अनायास ही खिंच आई इस बोझिल खामोशी को झेल पाने में वह खुद को

असमर्थ महसूस करने लगा। उठकर सुधा के पीछे जा खड़ा हुआ। उसके कन्धे से अपना चेहरा छुपाते हुए बोला, "क्या जवाब देता?"

सुधा उदासीन ही बनी रही—"कुछ और भी तो कह सकते थे।"

"कुछ और क्या?"

"कोई बहाना गढ़कर उन्हें समझा देते।"

वह उखड़ गया, "तुमने अब तक कोई बहाना गढ़कर क्यों नहीं समझा दिया? तुम तो जानती हो, सुधा! मेरे लिए इस रिश्ते का यही महत्त्व रह गया है। जिन सम्बन्धों को मैं जी नहीं पाया, उन्हें..."

सुधा ने बात पूरी नहीं होने दी, "उन्हें औरों के लिए भी जिन्दा नहीं रहने देना चाहते, यही न!"

कुहनियाँ रेलिंग पर टिकाए सुधा निर्विकार-सी बाहर ताक रही थी।

हालाँकि बाबू जी से सुधा को हजार-हजार गिले-शिकवे हैं। अकसर वह किन्हीं भावुक क्षणों में अपनी भावनाओं को उकेरती—"क्या बाबू जी कभी हमारी शादी की सच्चाई को स्वीकार नहीं करेंगे?...पोता-पोती को देखने के लिए जी नहीं तरसता उनका? कहते हैं, अकेला बेटा मन की कमजोरी होता है। कैसे वे इतने निष्ठुर हैं तुम्हारे प्रति? लगता है, उन्हें देखूँ, रमानाथ! मिलूँ उनसे। वे बहू कहकर पुकारें। उनकी मरजी के खिलाफ शादी जरूर कर ली है तुमने, मगर मुझे विश्वास है कि वे अगर एक बार भी मुझसे मिलेंगे तो बहू के रूप में मैं उन्हें निराश नहीं करूँगी..."

लेकिन जब वह बाबू जी के विरुद्ध किसी तरह का क्षोभ व्यक्त करता है तो सुधा उससे नाराज हो उठती है। उसे ऐसे में हमेशा माँ की याद हो आती है। बाबू जी की अमानुषिकताओं का शिकार होकर भी वे कभी उनके विरुद्ध कुछ भी सुनना पसन्द नहीं करती थीं।

"तुम्हारे आने से दो-एक दिन पहले ईश्वर अंकल की चिट्ठी आई थी।"

सुधा चौंककर ठीक उसके सामने हो गई।

"बाबा की तरह उनका दमा भी जानलेवा हो उठा है। बिस्तर पर ही हैं आजकल।"

"क्या कहूँ!" कहकर लम्बा उच्छ्वास भरा सुधा ने, "जाने की बात तुम कभी मान नहीं सकोगे, रमानाथ।"

उसने कोई प्रतिक्रिया नहीं दी। हृदय-प्रकोष्ठ के इन कोनों में वह सदैव-सदैव अकेला है। इन कोनों पर वह सुधा को कतई हावी नहीं होने देता। बड़ी देर तक वे यों ही खड़े रहे पास-पास—अबोले।

'जटिल हो तुम, सुधा ने कई बार कहा है। शायद सच यही है।

बारी-बारी से कई लोगों की चिट्ठियाँ आईं। सभी में उससे चले आने का आग्रह था। बाबू जी की बिगड़ती हुई हालत का ब्योरा भी। काका ने पहली दफा उसे एक साथ कई पत्र लिखे। भाषा समझौते-भरी थी। आग्रहपूर्ण भी—'सब कुछ भूल-भालकर बहू और बच्चों को एक बार तो देहरी छुआ जाओ। बाप का जी है, कहते नहीं तो क्या!'

चिट्ठियों ने उसके नासूरों में टीसें पैदा कर दी थीं। सोये हुए नासूर! जिनका सोये रहना ही उसे जगाये हुए हैं। लोग हमेशा उससे हक-अदायगी की अपेक्षा करते हैं। कभी किसी ने उस आदमी से क्यों नहीं कहने की हिम्मत दिखाई कि एक बच्चा तुमसे दहशत की नहीं, सीने की गरमाई का मोहताज है! मुट्ठी क्यों भींच रखी है? क्यों नहीं खोली?

हफ्ता-भर भी नहीं बीता...बाबू जी के स्वर्गवासी होने का तार उसके हाथों में है। निर्लिप्तता से उसने तार सुधा की ओर बढ़ा दिया। सुधा ने कई दफा तार को पढ़ा। उसकी आँखों में नमी उफनी और गालों पर लम्बी-लम्बी लकीरें बनाती बहने लगीं।

"तुम्हारा बहाना सच हो गया।" उसने भर्राए हुए गले से इतना-भर कहा। वाक्य में व्यंग्य नहीं था, केवल वेदना लरज रही थी।

वह गाँव नहीं गया।

बाद में भी कई टेलीग्राम उसे बुलाने के खातिर आए—"काम में तो आकर शामिल हो जाओ।"

जवाब उसने ईश्वर अंकल को दिया था—"मरे हुए सम्बन्धों को वह मात्र लोकलाज के लिए नहीं जी सकता इसीलिए मृत्यूपरान्त के ढकोसलों में भी खुद को शरीक नहीं कर पा रहा।"

लिखने को तो वह निस्संकोच यह सब लिख गया, पर जानता था कि ईश्वर अंकल के लिए उसके ये तर्क महज उसकी प्रतिशोधी मानसिकता के औजार हैं और अब तक वे उसकी शक्ल कभी न देखने का निर्णय ले चुके होंगे।

अंकल के पत्र के जवाब में उसके नाम एक खाली लिफाफा आया जिसमें एक बिल्टी की रेलवे रसीद थी। अटकलें लगाता रहा कि क्या हो सकता है? उन्होंने क्या भेजा होगा? पर कुछ भी अनुमान नहीं लगा पाया।

बिल्टी वह खुद छुड़ाकर लाया। इतनी भारी-भरकम पैकिंग देखकर सब हैरान, बच्चे बार-बार उन दोनों से पूछ रहे थे और जानना चाह रहे थे—आखिर इसमें क्या है...इसे किसने भेजा है?

सुधा ने मजबूती से सिले गए टाँकों को कैंची से काटकर उधेड़ा था। पैकिंग खोलने में उसे लगभग आधा घंटा लग ही गया और जब पैक अलग हटाकर उस चीज को देखा तो दोनों के भीतर जैसे खून बर्फ हो उठा—एकदम नई चमचमाती साइकिल उनके सामने थी।

"पापा, पापा! यह किसकी साइकिल है? किसने भेजी है?" मोना और टीनू समवेत स्वर में उसे झकझोर रहे थे।

वह अपने-आपमें नहीं था। मदरसे के उस अहाते में पहुँच गया था—'वाह! क्या मॉडल है! कब लिवाई बाबू जी ने?'

'हमें तो पता ही था, बच्चू कि तू हम लोगों को एक दिन मात देगा। ठाकुर केदार सिंह का बेटा है। पुरानी-धुरानी चीज लेकर थोड़े आएगा...'

उसे अपने सहपाठियों की प्रतिक्रियाएँ सुनाई दे रही थीं। वह बेतहाशा साइकिल के हर हिस्से को अपनी उँगलियों से छू रहा था। सहसा उसका हाथ कैरियर की पट्टियों में खुँसे एक पुरजे पर ठहर गया। बाबू जी के हाथों का लिखा हुआ पुरजा...

"चि. बबुन! सोचा था, तुम दफ्तर जाने लगोगे तब तुम्हें यह साइकिल भेंट करूँगा। तुम दफ्तर जाने लगे मगर तुमसे भेंट नहीं हो पाई। तुम्हारी अमानत अब नहीं सँभाल पा रहा, तुम्हारे पास भिजवा रहा हूँ..."

सहसा उसका सिर साइकिल की सीट पर टिक गया। बाँहें इर्द-गिर्द लिपट गईं। पीठ हिचकियों से बुरी तरह काँप रही थी...

(1973)

अनुबन्ध

सुबह ग्यारह के करीब वह दुग्गल के पास पहुँचा था। जल्दी-से-जल्दी पहुँच पाने की सारी कोशिशों के बावजूद उसे यहाँ तक पहुँचने में डेढ़ घंटा लग ही गया। हड़बड़ाहट इसलिए थी कि कहीं वह कमरे से ही न निकल जाए। दस-साढ़े दस उसके निकलने का समय होता है। बाद में याद आया था कि आज तो 26 जनवरी है। स्टूडियो बन्द है। उसे डरने की जरूरत नहीं है। किसी कारणवश वह नहीं भी मिला तो उसका रूम पार्टनर हर हालत में मिलेगा ही। संयोगवश वह फिल्मी जीव नहीं है। यहाँ अपने शोध के सिलसिले में आया हुआ है। छुट्टी के दिन तो वह कहीं भी नहीं निकलता। मन-ही-मन उसने यह भी तय कर लिया था कि अगर दुग्गल नहीं मिला तो अपनी वापसी के लिए वह रेजगारी उस भलेमानस से माँग लेगा हालाँकि यह विचार उसे कष्टकर लगा। एक निर्देशक के रूप में उसकी खासी साख है। लोग उसके लकदक कुरते-पायजामे की आब में उसे काफी दुरुस्त हालत में समझते हैं। उन्हें क्या पता कि आजकल नौबत यहाँ तक आ पहुँची है कि 'रिन' की एक टिकिया जानकी विशेष रूप से उसके कुरते-पायजामे के लिए ही खरीदकर लाती है जिसे वह अपने पीले पड़ आए इकलौते पेटीकोट पर भूलकर भी नहीं रगड़ती।

दुग्गल से उसका रिश्ता भी अजीब है जिसे न दोस्ती कहा जा सकता है, न व्यावसायिक साझेदारी। उम्र में भी वह दुग्गल से आठ-दस साल बड़ा है। मिले भी वे बड़े अजीब ढंग से थे। उसके एक बुद्धिजीवी मित्र ने उससे दुग्गल को अपनी फिल्म में बतौर सहायक रख लेने की सिफारिश की थी। वह मित्र कलात्मक फिल्म बनाने का बीड़ा उठाए हुए था। उसने एक कलात्मक

फिल्म 'फिल्म वित्त निगम' से ऋण लेकर बनाई भी थी। फिल्म सचमुच अच्छी बनी थी; प्री-रिव्यू में सराही भी गई। पर व्यावसायिक हथकंडों से अनभिज्ञ उसके बुद्धिजीवी मित्र की फिल्म डिब्बों से बाहर नहीं आ पाई।

हुआ उसके साथ भी यही। कई नामी-गिरामी निर्देशकों की सहायकी छोड़कर उसने खुद को एक सुअवसर हाथ लगते ही स्वतन्त्र कर लिया और एक प्रादेशिक फिल्म का निर्देशन कर डाला। दूसरी फिल्म उसने स्वयं ऋण लेकर बड़े मनोयोग से बनाई। मन-ही-मन वह आश्वस्त था कि जो भी प्रयत्न उसने इस दूसरी फिल्म के लिए मात्र अपनी 'खा-पी लेने' की ऐय्याशी की गुंजाइश रखकर किए थे, वे जरूर सफल होंगे और रातोरात एक ऑफ-बीट फिल्म बनाने का सेहरा उसके सिर पर होगा। दिग्गजों से बटोरी गई अनुभव-सम्पदा व्यर्थ नहीं जा सकती। मगर हुआ यह कि पर्याप्त चर्चा के बावजूद फिल्म डिब्बे में रही और वह फुटपाथ पर।

दुग्गल इन दिनों अशोक दा के साथ है; किन्तु उसमें ऐसा कुछ जरूर है जो व्यावसायिक साझेदारी से परे उसे वह सारी आत्मीयता देता है जो एक शुभेच्छु ऐसी दुविधाग्रस्त मन:स्थिति में उड़ेलता है और एक मित्र मरहम के फाहे बन जाता है।

कल घर से उसे हताश नन्हे की लम्बी चिट्ठी मिली है।

कल से ही वह उद्विग्न मन:स्थिति में धँसा हुआ अपने दारुण उचाटपन को ढो रहा है। अशुभ आशंका बेदर्दी से रह-रह मँडरा रही है कि कहीं नन्हे भावावेश में कोई ऐसा कदम...

घर से चलते समय उसने नन्हे की चिट्ठी जानकी की आँख बचाकर धीरे-से जेब में सरका ली थी। दुग्गल को वह चिट्ठी पढ़वाना चाह रहा है। उसका दिमाग तो काम नहीं कर रहा, न उसकी समझ में कुछ बैठ रहा है कि उसे ऐसे में क्या करना चाहिए। अशोक दा का प्रस्ताव...वह किसी निर्णय पर नहीं पहुँच पा रहा।...

नहीं समझ पा रहा कि पत्र-पत्रिकाओं के पृष्ठों में फैले और उसकी तीन फाइलों में अटे पड़े उसकी फिल्म को क्लासिक साबित करते फिल्म समीक्षकों के लिखे गए लेखों की तालियों की गड़गड़ाहट में कब तक वह अपनी झुकी हुई गर्दन को सीध में ताने अपने को खड़ा किए रहे!

गेस्ट हाउस के हिकाते घुमावदार जीने की सीढ़ियाँ चढ़ते हुए उसके नथनों में अजीब-सी तिलाइँध भर गई। गन्ध उड़-उड़कर दुग्गल के कमरे तक बदहवास दौड़ती रहती है। नीचे का दाहिना हिस्सा मैडम ने जो गेस्ट हाउस की मालकिन है, एक उडपीवाले को उठा रखा है। कभी साँभर महकता है तो कभी मेदू बड़ा।

दुग्गल के दो बेडवाले कोठरीनुमा कमरे का दरवाजा फुट-भर चौड़ी दरार छोड़कर भिड़ा हुआ था। गरदन उचकाकर उसने बाहर तक पहुँच रहे शोर का पलांश जायजा लिया। भीतर का दृश्य उसे बुझा गया। सोचकर आया था कि अकेले में दुग्गल से बातें कर किसी हल तक पहुँचने की कोशिश करेगा। दुग्गल नहीं मिला तो लौट पड़ेगा। यहाँ तो पूरी फौज ठसी-ठुसी तीन-पत्ती में व्यस्त है। शामिल होने में उसे भी खुशी होती पर...

लोहे के एक पलंग को खिड़की से लगी दीवार के सँकरे टुकड़े के सहारे खड़ाकर, कमरे को खुला कर लिया गया था। उसी पलंग के गद्दे, कम्बल और चादरों को बिछाकर बीचोबीच बैठने की जगह बनाई गई थी। लगातार पी जा रही सिगरेट से कमरा धुएँ से भर गया था। मुँह बिचकाकर उसने चेहरा पीछे खींच लिया और भड़ाक से दरवाजा खोलकर कटाक्षपूर्ण स्वर में बोला, "तो 26 जनवरी सेलीब्रेट हो रही है!"

"हो, हो, हो!" सम्मिलित स्वरों में स्वागत उछला—"आइए, आइए, निर्माता-निर्देशक साहब और फटाफट शामिल हो जाइये सेलीब्रेशन में।"

"चियर्स!" उसकी तरफ अँगूठे उठे।

दुग्गल एकदम कोने में था। वहीं से चिल्लाया, "इधर निकल आओ।"

अपनी-अपनी पीठ नवाकर, आड़े-तिरछे हो उन्होंने उसे बढ़ने को जगह दी।

सभी पत्ते फेंक चुके थे। बाजी सिर्फ दो लोगों में चल रही थी—सहायक कैमरामैन रमेश में और बिहार से आए युवा गीतकार कँवल बिहारी में। दोनों ब्लाइंड चल रहे थे। बीच में नोटों और चिल्लरों का ढेर लगा हुआ था।

"बड़ा मनहूस दिन शुरू हुआ है। सुबह से पिट रहा हूँ।" दुग्गल उससे मुखातिब होकर लगभग फुसफुसाया।

"सुबह से ही। पहले तो प्रोग्राम बनाने लगे कि सोल्जर्स पेमेंट करके बियर चले दिन-भर, पाव-भजिए का लंच हो; पर मैंने साफ मना कर दिया, ड्रिंक नहीं

चलेगा मेरे कमरे में...याद है न?"

"बताया था तुमने। मैं था नहीं।"

"तौबा! जो हरामजदगी की थी उस दिन सालों ने! साफ कह दिया कि ताश जमानी है तो यहाँ फिट हो लो और अगर पीना-पिलाना ही है तो त्रिपाठी जी के कमरे में जाकर ठसो। तुम खेलोगे?"

उनकी बात दब गई। कई कँवल बिहारी से आग्रह कर रहे थे कि बेहतर है, वह शो करवा ले। कँवल बिहारी की जेब लगभग खाली हो चुकी थी। वह मान गया।

"ई..." शोर फिर उठा। दोनों के पास कलर थे। रमेश के पत्ते बड़े थे। कँवल का मुँह लटक गया। रमेश ने ढेर अपनी ओर समेट लिया। वह एक सौ दस रुपये जीता था। रेजगारी उसने गिनी ही नहीं।

"तेरी तो मन गई बे!" सक्सेना ने अर्थपूर्ण लहजे में रमेश की फिरकी ली, "नीता सिंहल के साथ आज रात तो तू चाहे मानसरोवर में ही सही, कमरा बुक करवाये बगैर क्या मानेगा!"

इर्द-गिर्द ठहाके झूलने लगे। एकाएक पत्ते फेंटना छोड़कर रमेश अपनी जगह से उठा और लपककर सक्सेना का गिरेबान दबोच लिया, "अपने को तो तेरी बहन भी चलेगी। बोल तो सीजर्स पैलेस में कमरा बुक करवाऊँ?" दाँत किटकिटाते हुए उसने सक्सेना को लगभग झिंझोड़ा।

इस अप्रत्याशित कटुता के लिए कोई भी प्रस्तुत नहीं था। सभी को लगा था कि मजाक में बात कही गई है और मजाक में ही ली भी जाएगी। रमेश के इस रुख से सभी स्तब्ध रह गए। दुग्गल उत्तेजित हो उठा। एक-दो लोग मिलकर उन्हें अलग करने लगे। मगर रमेश था कि सक्सेना की गरदन छोड़ने के लिए तैयार ही नहीं था।

दुग्गल तकरीबन चीखा, "यह क्या बदतमीजी है? मैंने पहले ही कह दिया था कि गरमा-गरमी का हिसाब-किताब मेरे कमरे में नहीं चुकता होगा। और रमेश, तुम यह माँ-बहन पर क्यूँ आ गए?"

"यह नीता को लेकर फूहड़ मजाक क्यों करता रहता है?"

"फिर भी तुम्हें बहन पर नहीं आना चाहिए!" दुग्गल के नथने तन गए थे।

होंठ गुस्से से थर्रा रहे थे।

"नीता मेरी होनेवाली बीवी है। मैं इतने छिछोरे मजाक उसके लिए बर्दाश्त नहीं कर सकता।"

"चल छोड़, सॉरी बोल यार! कितने घटियापन पर उतर आते हो तुम लोग!" उससे बोले बिना नहीं रहा गया।

सक्सेना ने आग्नेय नेत्रों से रमेश को घूरते हुए उसका कहना रख लिया, "सॉरी!" पर तुरन्त ही पलटकर बोला, "सूफिया के लिए भी तो यह यही कहता था।"

क्षण-भर पहले ही संयत हुआ रमेश उँगलियों में दबी सिगरेट को ऐश ट्रे में रगड़कर एकाएक फिर झपटा।

"यार सक्सेना, बन्द भी करो।"

उसका मूड ऑफ हो गया। एक तो वह घर से ही परेशान-सा चला था। इस लफड़े से जी एकदम उखड़ गया। लोगों ने फिर से दोनों को डाँट-डपटकर शान्त किया और निर्णय सुनाया कि आइन्दा व्यक्तिगत आक्षेप एक-दूसरे पर कतई नहीं होंगे।

पत्ते बँटने को हुए तो सबने उसकी तरफ देखा—"बैठ रहे हैं न, दादा?" उनमें से जो लड़के उससे जूनियर थे, उसे 'दादा' कहकर ही सम्बोधित करते थे।

"हाँ, हाँ, बाँटो। बैठेंगे।" सक्सेना ने सोत्साह कहा।

जेब तो खाली थी। उसने साभिप्राय दुग्गल की ओर देखा। दुग्गल ने फौरन बीस का पत्ता उसकी ओर खिसका दिया।

नन्हे की चिट्ठी के बोझ से वह कुछ अवधि के लिए अपने को मुक्त करना चाह रहा था। पत्ते हाथ में आते ही सचमुच चिट्ठी उसके जेहन से उतर गई।

वह सुबह जानकी से बगैर पैसे माँगे ही घर से निकला था। अब पैसों को लेकर वह पहले की तरह पूछती भी नहीं। 'पैसे हैं?'—यह निकलने से पहले का उसका बँधा हुआ वाक्य होता था। जैसे वह अन्य ताकीदें और पूछताछ उससे किया करती थी—'रूमाल रख लिया या नहीं? कब तक लौटोगे? कहाँ होंगे?' आदि।

बाकी सब तो उसी तरह अब भी पूछा और कहा जाता है। बस पैसेवाले वाक्य-भर की कटौती हो गई है। हालाँकि जानकी की मजबूरी भी समझता है, पर पता नहीं उसे क्यों लगता है कि झूठ-मूठ ही पूछ लेने में क्या दिक्कत है। सच्चाई तो वह भी जानता है। वैसे आजकल जानकी की उदासीनता उसके प्रति कुछ ज्यादा ही बढ़ गई है। उदासीनता अजाने ही उसे अपने प्रति बरती गई उपेक्षा-भाव लगती है। यह लगता है कि आज वह नोट थमाने के काबिल नहीं है तो उसकी कदर का अवमूल्यन हो गया है। उसे हमेशा अपने से सहानुभूति होती है कि जानकी को तो घर में बैठना पड़ता है। चेहरे पर चेहरा चढ़ाकर तो उसे लोगों के बीच घूमना होता है।

असल्फा से नारायण नगर तक उसे बगलवाले सरदार जी ने अपनी टैक्सी में लिफ्ट दी थी। पूरा असल्फा विलेज ही टैक्सीवालों की बस्ती है। रात का नजारा देखनेवाला होता है। चालों के सामने टैक्सियों की कतारें लगी होती हैं। सुबह अगर मुख्य सड़क तक पहुँचना हो तो उसे कतई दिक्कत नहीं होती। मुख्य सड़क असल्फा से तकरीबन मील-भर है और यह दूरी यहाँ के रहवासियों को पैदल ही तय करनी पड़ती है। सुबह आठ से दस के दरमियान लगभग सभी टैक्सीवाले धन्धे पर निकलते हैं। इस बीच निकलो तो मुख्य सड़क यानी कि आगरा रोड तक आराम से लिफ्ट मिल जाती है। वहाँ से चाहे चारकोपर जाना हो या कुर्ला।

चाल के सभी घरों को उसके अतीत की बखूबी जानकारी है। उन्हें आर्ट फिल्म और बॉक्स ऑफिस फिल्म के अन्तर की भी जानकारी है। तभी न आज सरदार जी उससे बोले थे, "साब, आपकी फिलिम नईं देक्खी पर...कुछ 'अमर अकबर एन्थॉनी' जैसी फिल्म बनाओ। दिन फिरेंगे। कहाँ हम लोगों के बीच में सड़ रहे हो जी! ये जगह आप जैसों के लिए नहीं है।"

सरदार जी की 'हम लोगों के बीच' वाली बात उसे बड़ी माफिक आई। गनीमत है, इस शहरी गाँव में भी उसकी विशिष्टता से परिचित हैं लोग। उसे सरदार जी बड़े अच्छे लगे। पहचान का आईना दिखानेवाला व्यक्ति स्वयं भी कितना महत्त्वपूर्ण हो जाता है, यह सरदार जी के लिए तत्काल महसूस हुआ था, 'कभी घर पर आकर चाय पीजिए।' कहकर ही वह टैक्सी से उतरा था। अनायास यह भावना भी उमगी। वह चाल में रह रहा है तो क्या, अच्छे और समझदार लोगों

के बीच रह रहा है। वैसे भी वह प्रतिबद्ध सिनेमा से ताल्लुक रखता है।

जानकी चाल में रहते हुए हमेशा अपने लखनऊवाले घर को बिसूरती रहती है। चाल में रहना उसे झोंपड़पट्टी में रहना लगता है। बस, उसे यही सहन नहीं होता। कोई जगह है असल्फा वीलेज! वह कई दफे उससे बहस करता है कि उसे इस बात को जिन्दगी में महत्त्व देना चाहिए कि वह उसके जैसे महत्त्वपूर्ण व्यक्ति की पत्नी है। आए दिन अखबार में उसकी 'असफल' कलात्मक फिल्म की चर्चा होती है। उसके साक्षात्कार छपते हैं। रहने-खाने की टुच्ची बातों को वह इतना महत्त्व क्यों देती है? कितनी फोटुएँ तो उसकी जानकी के साथ छपी हैं। जानकी के भाग्य से उसकी सगी और चचेरी-ममेरी बहनें सचमुच ईर्ष्या करती हैं—'तुम सचमुच तकदीर वाली हो। तुम्हें ऐसे जमाई बाबू मिले हैं।' मगर जानकी है कि टके-टके की रोजमर्रा की असुविधाओं को मुकुट बनाकर मनहूसियत-सी ओढ़े रहती है।

फिल्म बन रही थी तो वह कितने बड़े फ्लैट में था! अकसर चर्चा करता है इस बाबत जानकी से। रहता भी था खार पश्चिम जैसे पॉश इलाके में। शूटिंग के सिलसिले में लगातार हवाई जहाजों से सफर किया है उसने। उसकी फिल्म 'दिल्ली फेस्टिवल' में दिखाई गई थी; 'मॉस्को फेस्टिवल' में भी भेजी गई थी। आशा तो यही बँधी थी कि फिल्म प्रदर्शित होते ही उसके समक्ष अनुबन्धों का ताँता लग जाएगा। नहीं भी लगेगा तो एकाध फिल्म फ्लोर पर तो होगी ही। किन्तु सोचा हुआ सब धरा रह गया।

फिल्म पूरी होते ही उसने शादी कर ली थी—घर की ललक जो मन में उठने लगी थी! उम्र भी खासी हो रही थी उसकी। लड़की ढूँढ़ने का काम दूर के रिश्ते की एक भाभी ने किया। जानकी उसे पहली ही झलक में मुग्ध कर बैठी थी। नमकीन, साँवले-सलोने चेहरे पर मीन-सी खिंची आँखें! होने वाली छोटी साली ने उसके कान में आहिस्ता से फूँक दिया था—"दीदी गाती बहुत अच्छा है। गाना सुने बगैर मत जाइएगा।" और वह आग्रह कर बैठा था। लम्बी-लम्बी बरौनियों वाली पलकों को बेहद जल्दी-जल्दी झपकानेवाली जानकी ने संकुचित हृदय से कन्धे का पल्ला सरियाते हुए, दृष्टि नीचे गड़ाए जो सुरीला सुर लिया तो वह टकटकी

लगाए उसे देखता ही रह गया था।

जानकी को उतारा उसने जरूर खारवाले फ्लैट में था किन्तु उससे सच्चाई छिपाई भी नहीं थी कि बस महीने-भर बाद ही उसे यह घर खाली करना है। जानकी खूब खुश थी। तय हुआ कि जब तक वह दूसरे घर का इन्तजाम नहीं कर लेता, जानकी मायके में ही रहेगी। छह महीने हो गए थे उसे जानकी को लम्बे-लम्बे खत लिखते, कि अच्छा घर मिलते ही वह उसे फौरन अपने पास बुला लेगा।

टैक्सी से उतरकर जिस कमरे की ओर उसने 'तुम्हारा घर' कहकर जानकी को इंगित किया था, उसके प्रति जानकी के चेहरे पर जो उलझन उभरी थी, वह उसे हतोत्साहित करने के लिए काफी थी। स्टेशन पर एकाएक सीने से आ लगी आकुल जानकी उसे स्टेशन पर ही छूट गई लगी। उसने चुपचाप आगे बढ़कर दरवाजे का ताला खोला था और पलटकर, दुग्गल के पास पहुँचकर सामान उतरवाने में मदद करने लगा था। चाल के कुछ बच्चे और औरतें ताका-झाँकी करने को उत्सुक हो आए लगे।

हालाँकि यह काम दुग्गल ड्राइवर की सहायता से करवा ही रहा था पर पता नहीं क्यों, जानकी के साथ कमरे में घुसने की हिम्मत नहीं हुई थी उसकी।

दोनों के बीच अनायास खिंच आए अनमनेपन को दुग्गल ने सूँघ लिया। सहज करने की मंशा से भीतर पहुँचकर उसने जानकी को छेड़ा, "पसन्द आया भाभी अपना शीशमहल?"

"खूब!" विद्रूप-सा खिंच आया था जानकी के स्वर में—"मेहनत से खोजा गया है! सवाल ही नहीं उठता कि..."

"इसके साथ तो यही जलसे रहेंगे, भाभी!"

"अपनी-अपनी किस्मत।"

वह कटकर रह गया। जवाब दुग्गल के लिए भी अप्रत्याशित था, उसके चेहरे पर दृष्टि पड़ते ही पढ़ लिया उसने। पर पाया कि अगले ही पल दुग्गल ने फौरन सहज होने की चेष्टा की।

"चलिए, सबसे पहली चाय आपको हम बनाकर पिलाते हैं, आपके घर में।"

उसी रात...जानकी ने उसकी बौनी समर्थता का भरपूर एहसास करवा दिया—"इससे बड़ा तो लखनऊवाले घर का भंडार है।"

वे जो कभी न खत्म होनेवाली लम्बी-लम्बी बातें खतों में किया करते थे, एकाएक सर्द हो होंठों पर जम गईं। रात-भर किसी मलबे के नीचे दबी पड़ी, क्षत-विक्षत जीवित लाश की मर्मान्तक पीड़ा वह अपनी देह पर झेलता रहा और जल्दी ही सो गई जानकी के लिए अपनी बेचैन करवटों को यह तसल्ली थमाता रहा—'सफर होता ही थकान-भरा है...'

"शो करा ले।" दुग्गल ने टोका।

चौंककर वह अपने में लौटा।

"करा लूँ?" फिर दो का नोट सामने रखा—"शो।"

लोगों की चीखें निकल गईं। उसकी पीठ पर धौलें बरस पड़ीं, "वाह! क्या बाजी भिड़ी!"

वह जीत गया। उसे लगा कि अब उसे उठ जाना चाहिए। दुग्गल से उधार लिया गया बीस का नोट उसने आहिस्ता से उसकी मुट्ठी में भींचा और बात बनाई, "तुम लोग कहोगे कि जीते और खिसके। मगर एक जगह टाइम दिया है...पहुँचना बहुत जरूरी है।"

"ये तो कोई बात नहीं हुई, दादा।"

"ऊपर से फोन कर दो, फोन से काम चल जाए तो..."

सौ रुपये जानकी को देकर भी पैंतीस रुपये उसके जेबखर्च के लिए बच रहे हैं। बैठ गया तो क्या भरोसा कि जैसा सोचकर ही आया था कि वापसी के लिए भाड़े का पैसा दुग्गल से माँग लेगा, माँगने पड़ जाएँ। उसे उठना ही ठीक लगा। हालाँकि आज किस्मत साथ दे रही थी...

"मेरे पत्ते भी न बाँटना। मैं इसे छोड़कर अभी आया।" गरदन में कुर्ता डालते हुए दुग्गल ने अपने लिए भी ताकीद की।

बात उसकी शुरू हो गई।

"एक बार सहायकी शुरू कर दी न तो फिर आ चुके लोग निर्देशन के लिए अनुबन्धित करने।"

"लेकिन आगे की सोचकर, आज की जो परिस्थिति है उससे तो आँखें नहीं मूँदी जा सकतीं! इस कमरतोड़ बेकारी को तुम झेल सकने की स्थिति में हो?"

चाय का एक गरम घूँट भरते हुए दुग्गल सहसा चुप हो गया। उसे महसूस हुआ कि नरेश थोड़ा उत्तेजित हो उठा है, जो कि उसे नहीं होना चाहिए। आजकल उसकी मन:स्थिति बड़ी विचित्र हो गई है। साधारण-सी बात भी उसे आहत कर देती है। तुरन्त गलत अर्थ निकाल लेता है। हो सकता है, ऐसी परिस्थिति में वह खुद पहुँच जाता तो शायद उसका विवेक भी भटकने लगता।

वह सोच रहा था—वह वाकई बेकारी झेल सकने की स्थिति में कहाँ है? यह कौन-सी लड़ाई है जो वह लड़ रहा है? क्यों? किसलिए? कितनी कुशलता से बात कहलवाई थी अशोक दा ने कि 'प्रोजेक्ट में मेरी सहायता करो।'

दरअसल उनके द्वारा यह प्रस्ताव भिजवाना ही उसे छलनी कर गया था। लगा था कि उसके बुरे दिनों का मखौल उड़ाया जा रहा है। स्पष्ट रूप से उसने अपने को अपमानित महसूस किया था इस शुभचिन्तना से।

जब से यह प्रस्ताव आया है, वह अपने में बौराया-बौराया-सा घुमड़ रहा है।

"असल में वे तुम्हारी खस्ता हालत से बखूबी परिचित हैं। उनकी मंशा तुम्हें थोड़ा राहत देने भर की है, तुम्हारे स्वाभिमान को ठेस पहुँचाने की नहीं।" दुग्गल ने कुछ खीजे स्वर में अशोक दा का पक्ष स्पष्ट किया।

"तो मेरे अगले प्रोजेक्ट के लिए कोई फाइनेंसर दिलवा दें।"

"वाहियात बात मत करो। तुम उनकी मंशा पर सन्देह कर रहे हो!"

"क्यों? क्यों न करूँ? मंशा की ही बात की है न तुमने! तो वे इस सहायता में भी असमर्थ हैं?"

"कभी थे। अब तीन फ्लॉप देने के बाद सिनेमा व्यवसाय में उनकी स्थिति भी कमजोर चल रही है। खैर...तुम जैसा ठीक समझो, जवाब भिजवा दो।"

जवाब? जवाब ही तो नहीं ढूँढ़ पा रहा वह। करे क्या? सहायकी स्वीकार कर ले? दो-दो स्वतन्त्र फिल्मों का निर्देशन करने के पश्चात्! इंडस्ट्री में तो ठप्पा चलता है। लोग ठप्पे से बचने की कोशिश करते हैं। उससे अलग होने की कोशिश करते हैं। उसने भी की थी और अपने नाम के आगे से 'सहायक' शब्द निकाल फेंकने में सफल हो गया था।

पिछले चार-पाँच दिनों से वह शराब में धुत्त घर लौटता है। जवाब खोजने की कोशिश में ही खूब पीता है। जानकी उसकी इस हालत से बेजार है और कहने

लगी है कि वह अत्यन्त गैर-जिम्मेदार व्यक्ति हो गया है।

उसे भी लगने लगा है कि जानकी उसके मानसिक स्तर की औरत नहीं है। सुविधापरस्त मामूली पत्नी भर है जिसे उसकी रचनात्मकता से कतई सरोकार नहीं है। कितनी उखड़ी थी वह, जब उसने अशोक दा वाले 'प्रोजेक्ट' के प्रति अपनी अरुचि जाहिर की थी।

"नहीं करोगे तो क्या करोगे? फिर इतनी भी तो अक्लमन्दी तुमने नहीं बरती कि शुरुआत में ही कुछ पैसा अलग उठाकर फिक्स डिपॉजिट में डाल दिया होता। नए-नौखे को कलात्मक फिल्म एक तुमने ही तो नहीं बनाई! रोमू भट्टाचार्य को देखा है न? और अखिलेश कौल को? फिल्म वित्त निगम की पहली किस्त मिलते ही उसने सबसे पहले वरसोवा पर बढ़िया फ्लैट बुक कर लिया। एक तुम..."

"मैं तो आया इसीलिए था कि तुमसे बातचीत करके किसी नतीजे पर पहुँचने की कोशिश करूँगा...पर...मैं मानता हूँ कि तुम मुझे व्यावहारिक सलाह दे रहे हो।"

"पर-वर छोड़ो। हाँ, देखो।" दुग्गल ने कप को गोल-मोल घुमाते हुए सीधे उसकी आँखों में देखा, "मैं तुम्हें बताना ही भूल गया कि मैंने अशोक दा से कल ही इस बाबत बात की है और उन्हें इस सुझाव पर राजी कर लिया है कि वे 'टाइटिल' में तुम्हारे नाम के आगे सहायक निर्देशक न देकर एसोसिएट डायरेक्टर दें। मैं समझता हूँ कि तुम्हें इस स्थिति में यह प्रोजेक्ट स्वीकार कर लेना चाहिए।"

"थोड़ी चाय और मँगवाओ।"

दुग्गल ताड़ गया कि वह अब इस मसले पर अधिक बातचीत करने के मूड में नहीं है।

"मँगवाता हूँ।" कहकर दुग्गल ने दूसरी ओर खड़े बेयरे को संकेत से बुलाया।

"भूख नहीं लगी?"

"लगी तो है।"

"तो चाय के साथ कुछ खाने के लिए भी मँगवा लेते हैं। क्या लोगे?"

वह कुछ देर सोचने की-सी मुद्रा में डूब-सा गया। फिर बोला, "जो जी में आए, वैसे जानकी से कह आया था कि दो-ढाई तक घर पहुँच जाऊँगा; पर अब

तो वैसे ही लेट हो गया हूँ।"

बेयरे ने समझा कि उसे बिल के लिए बुलाया जा रहा है। वह रसीद बुक पर पैसे नोट करके ही उन तक आया।

दुग्गल झुँझला उठा, "अरे भई, अभी इसे पास ही रखो। कुछ और भी दे जाओ।" कहकर वह उसे ऑर्डर देने लगा।

कुरते की जेब में एकाएक ही उसका हाथ चला गया। नन्हे की चिट्ठी छू गई—

'माँ को तीन महीने से तनख्वाह नहीं मिली है। यह सारी परेशानी तबादले की वजह से हुई है। किसी तरह माँग-जाँचकर वह अपना तथा मुन्ना का खर्च चला रही है। मैं पिछले इतवार को माँ के पास गया था, दुकान ही इतवार को बन्द रहती है। माँ झुँझला रही थी कि लोग-बाग अध्यापिका के घर साग-सब्जी क्यों भिजवाते हैं, सीधा-पिसान क्यों नहीं भिजवाते?'

"कितना लिखूँ। मुन्ना की जाँच माँ ने सदर अस्पताल में जाकर करवाई थी। डॉक्टरों ने मुन्ना की छाती में पैच बताया है। रोज इंजेक्शन लेना होगा। सुबह-शाम अंडा और दूध देने के लिए कहा है। माँ बहुत हैरान हैं—यह खर्च कहाँ से जुटाएँ? आपको याद कर रही थीं। कह रही थीं कि वह जरूर तकलीफ में होगा, नहीं तो ऐसा न होता कि मेरी तीन-तीन चिट्ठियों के जवाब न देता। भैया, आप मुझे अपने पास बुला लीजिए। पढ़ाई तो मैं अब कर नहीं पाऊँगा। आपके पास रहकर कोई काम करूँगा। मेरी मजबूरी का अन्दाजा आप लगा सकते हैं। माँ ने पता नहीं मुझे किस विश्वास से यहाँ भेजा है।

'भैया, यह सब मैं माँ से तो नहीं बता सकता। गया तो इसी मंशा से था कि उन्हें बता दूँगा कि मामा की शक्ल में जो आदमी मेरे करीब है, वह कंस से भी क्रूर है। कंस तो अपने भानजे की जान का प्यासा था, पर यह मामा...'

'मैं सुबह उठकर चाय बनाता हूँ, मामा को चाय देता हूँ। नाश्ता पकाता हूँ, उन्हें नाश्ता खिलाता हूँ। वे अखबार खोलकर बैठ जाते हैं और मैं दुकान खोलने चला जाता हूँ। वे जी चाहता है तो आते हैं, नहीं तो नहीं आते। दोपहर में दुकान बन्द करके मैं वापस घर आकर खाना पकाता हूँ, खिलाता हूँ। बरतन आदि धोते-धोते मुझे दो-ढाई बज जाते हैं। तीन बजे फिर दुकान खोलनी होती है। पढ़ने का समय कतई नहीं मिलता। सोचा तो यही था कि इंटर का फॉर्म प्राइवेट

यहीं से भर दूँगा। माँ को भी यही आस है, पर भैया! रात घर लौटकर, खाना-पानी निबटाकर जब मैं सोने की तैयारी करता हूँ, यह नीच मुझे अलग नहीं सोने देता...मुझसे जबर्दस्ती करता है...और मैं असहाय...रोज सुबह सोचता हूँ कि उजाला होने से पहले ही मामा की साइकिल चुराकर भाग लूँ...लेकिन माँ का यह शुभचिन्तक भेड़िया हर महीने उन्हें सौ का पत्ता थमा आता है मेरी कमाई के रूप में। किससे कहूँ इस नरक की पीड़ा? आज बाबू जी होते तो शायद हम इस हालत में न होते! आप मुझे नहीं बचायेंगे? मैं शायद...किसी दिन गंगा में कूदकर अपने से छुटकारा पा लूँ।'

बाबू जी होते तो, तो क्या कर लेते? उसके ऊपर तो बाबू जी की छाँव थी पर किसी ठूँठ की तरह...

"खा क्यों नहीं रहे ठीक से?" दुग्गल ने उसे अनमना पाकर फिर टोका, "एक वक्त में एक ही काम किया करो।"

"कोशिश तो करता हूँ।" शब्दों के साथ ही उच्छ्वास-सा भरा उसने। फिर आहिस्ता से मेदू-बड़े का एक छोटा टुकड़ा साँभर में डुबोकर मुँह में डाल लिया।

दुग्गल को उसका इतना धीरे खाना हमेशा उबाऊ लगता रहा है। इसी आदत पर टोकने को हुआ ही था कि सोच में डूबे उसके चेहरे ने बरबस खामोश रहने पर विवश कर दिया।

वह भी तो ननिहाल से गंगा में डूबने के लिए भागा था...

माँ की मृत्यु के तुरन्त बाद ही बाबू जी उसे नाना-नानी की छत्र-छाया में छोड़कर कलकत्ता लौट गए थे। हर महीने वे नानी के पास उसके खर्च के लिए मनीऑर्डर भेजा करते, हाल-चाल के लिए चिट्ठी लिखा करते जिसकी सूचना नानी अकसर एक ही जैसे वाक्यों में दोहराया करतीं—'देख, तेरे बाबू जी ने लिखा है कि जरा शऊर से रहा कर। मन लगाके पढ़ा कर।' क्या पढ़ता? उसे अच्छी तरह याद है। परीक्षा की कॉपियों के लिए भी पैसे उसे मार खाये बगैर नहीं मिलते थे। कॉपी खत्म होने पर वह जब भी नई कॉपी की माँग करता, तीन महीने पहले कॉपी के लिए दिये गए पैसे नानी को अभी पिछले हफ्ते ही दिये गए लगते। स्कूल का बस्ता पीठ पर से उतरता नहीं था कि उसे फौरन कभी बिसाती

की दुकान पर दौड़ाया जाता तो कभी किसी पटियैत के घर कुछ माँगने-कहलाने। सारे काम उसके आने की बाट जोहते अटके रहते। उसके खाना परोसे जाने तक सब्जियाँ अकसर कम पड़ जातीं या किसी मेहमान की आवती की प्रतीक्षा में उसे परोसी ही नहीं जातीं।

नाना का घर से कोई वास्ता ही नहीं था। कचहरी से लौटते ही चवन्नी और अद्धे की बोतल थमा देते—"लपककर ठेके पर तो चला जा..."

तब समझ नहीं थी कि ठेकेवाला हरिभजन उसे इतना ममत्व क्यों देता है? क्यों उसकी मुट्ठी में उबले चने की पुड़िया टिकाकर पुचकारता है—"रास्ते में खा लेना, बचुआ! और सुन, बोतल सरिया के ले जाना जरा..."

फिर कभी झुँझला भी पड़ता—"इतनी रात गए तू क्यों आता है यहाँ? घर पर और कोई नहीं है ठेके पर आने के लिए? तुझसे कहते नहीं बनता कि मैं नहीं जाऊँगा?"

उसकी इतनी मजाल कि वह यहाँ आने से मना कर देता? हरिभजन की बात से अलबत्ता उसका जी भर आता...

दीवाली के आसपास बाबू जी आते और हफ्ता-भर उसके पास रहते। तब कचहरी से लौटकर नाना नन्हकू के हाथों चवन्नी और बोतल थमाते। रात सोने से पहले बाबू जी के लिए दूध का गिलास आता तो उसके लिए भी एक गिलास साथ होता। जबर्दस्ती थाली में रोटियाँ डाली जातीं, "ठीक से खा।" नानी उसे लड़ियाकर आग्रह करतीं।

बाबू जी टोकते—"जितनी भूख है उतना ही खाने दो। ज्यादा खाने से बच्चों का पेट खराब हो जाता है।" बाबू जी की बात से निवाला जैसे हलक में अटक जाता। आँखें पनियाने लगतीं। बड़ी कोशिश से अपने को संयत रखता। उस रात बड़ी देर तक बाबू जी के बार-बार आग्रह करने पर भी कि 'जा, सो जाकर' वह उनके पलंग पर पाटी पर बैठा यह कहने के लिए साहस जुटा रहा था कि 'भूखे रहने से पेट नहीं खराब होता, बाबू जी?' किन्तु कुछ कह नहीं पाया। यही भय लगा कि कहीं बाबू जी ने भी उसकी बात को न समझा, तो? जब कोई उसे नहीं समझता तो हो सकता है, वे भी उसकी बात न समझें। पीट ही दें।

बाबू जी के जाते ही वह ठेके पर पहुँचा था।

हरिभजन ने छूटते ही पूछा था—"मेहमान चले गए?" बाबू जी से मतलब

था उसका।

उसने इधर-उधर देखते हुए उत्तर दिया था—"हाँ।"

"पता ही था। मेहमान के सामने दिखावा तो करेंगे ही। लानत है। अपनी बिटिया का होता तो ऐसे भेजतीं वकीलाइन? पर सौ बात की एक बात, मेहमान क्यों दीदों में तेल डालकर बैठे हुए हैं? साथ ही रखें न तुझे।"

वह भी सोचने लगा—बाबू जी क्यों उसे साथ नहीं रखते? क्यों नहीं जांनना चाहते उससे कि आखिर ये लोग तेरे साथ कैसा बरताव करते हैं? तकलीफ तो नहीं है तुझे? क्यों नहीं पूछते? कोई पूछता था तो वे थीं रसूलपुरवाली—उसकी दूर के रिश्ते की चाची। वह जब भी गंगा नहाने लढ़िया में चढ़कर आतीं, उसके लिए लइया और गट्टे खासतौर पर लातीं। एकाध बार नहाने के लिए भी साथ ले गईं नानी की ना-नुकुर के बावजूद।

उस सुबह नानी ने जो स्कूल जाने से पहले बेबात उसे बेदर्दी से पीटा था, नाना का मुँह सीए रहना उसे खल गया था।

उसका किशोर मन विद्रोह से भर उठा था।

स्कूल न जाकर वह लक्ष्मण घाट की तरफ पैदल चल पड़ा था—डूब मरने का निश्चय कर। पर घाट पर पहुँचकर सहसा उसे चाची याद आ गई थीं जो बाँहें पसारे उसे अपनी गोद में समेट लेने के लिए हमेशा आतुर दिखाई पड़ीं। लौटकर वह अन्दाजे-अन्दाजे ही रसूलपुर की ओर चल दिया था।

उससे छिपाकर चाची ने बाबू जी को तार करवाया था शायद। तभी तो बाबू जी को पहली बार उसने आँखों पर रूमाल रखते देखा था। पहली बार उसके बाल मन को वितृष्णा की एक दरार विभाजित कर गई थी। रात बाबू जी जहाँ सोये थे, चाची आग्रह करती रहीं कि "जा मिल ले...भागे-भागे आए हैं।" पर वह टस-से-मस नहीं हुआ। बस, चाची के आसपास आशंकित-सा मँडराता रहा—"मुझे बाबू जी के साथ मत भेजना...मत भेजना वे मुझे फिर नानी के पास ले जाकर छोड़ देंगे।" ले जाने की बात बाबू जी ने उठाई तो चाची ने स्पष्ट कह दिया कि अब वे उसे नहीं भेजेंगी। डूब-डाब जाता तो उन्हें वापस मिलता? समझ ले, गंगा मैया ने उनके पास धरोहर धरी है। यह भी सलाह दी थी—"ब्याह कर लो, लाला। यों न किसी के भरोसे औलाद पलती है, न जिन्दगी चलती है...घर बसा लो तो ले जाना। फिर बड़ा हो जाएगा तो कौन मेरे पास बना रहेगा कि तुम्हारे पास!"

अबकी बार वह बाबू जी के दूर जाते हुए ताँगे के पीछे रोता-रोता नहीं दौड़ा। देहरी से सटा, बस देखता रहा। दूसरे रोज चाची ने गाँव के मदरसे में ही नाम लिखा दिया था उसका।

नई माँ ने उसे अंक में भर लिया था, "बचुआ, तुम रह जाओ, फिर चले जाना।" मगर वह शामवाली बस से लौट रही चाची के साथ ही लौटने को तत्पर हो आया। नई माँ उसे बहुत प्यारी लगी थीं। पर वह उनके मनुहार-भरे अनुनय को स्वीकार नहीं कर पाया।

चलते समय बाबू जी ने चाची से एकान्त में कुछ बातचीत की थी जो चाची ने उसे रास्ते में ही बता दी कि तुम्हारे बाबू जी की इच्छा है कि अब तुम उनके साथ ही रहो। एकाध महीने में ढंग का घर देख-दाखकर उन्हें भी लिवा ले जाएँगे और तुम्हें भी।

प्रतिक्रिया में वह मौन ही रहा।

"इतना कह रही थी बहू, रुक क्यों नहीं गए? कभी-कभी एकदम जिद्दिया जाते हो।" चाची ने उसे झिड़का था।

"तुम्हें छोड़कर मैं कहीं नहीं रह सकता।" उसका उत्तर था।

"हुह! तो सरगे भी मेरे साथ जाओगे?"

"नहीं। पहले मैं जाऊँगा, फिर तुम।"

"ढीठ! बातें बहुत झाड़ने लगे हो।" झूठ-मूठ की रिस चेहरे पर लपेट वे हँस दी थीं।

नीलू ने उसका समर्थन किया था, "ठीक ही तो है! दादा वहाँ नहीं रहना चाहता तो नहीं रहना चाहता। जबर्दस्ती क्यों?"

"रहने दो। तुम बिला वजह न टर्राओ।" चाची ने डपटा था नीलू को।

चाची को मन में खदबदा रही पीड़ा वह दिखा देना चाहता था कि नई माँ ने उससे यह क्यों कहा था कि 'तुम रह जाओ...फिर चले जाना।' यह क्यों नहीं कहा कि 'मैं तुम्हें अब कहीं नहीं जाने दूँगी?' पर कुछ भी नहीं कह पाया था।

माँ से मिलने को मन लालायित जरूर होता पर साथ रहने का निर्णय वह बिलकुल नहीं ले पाया। कुछ दिनों बाद उन्होंने जैसे उसका निर्णय मन-ही-मन स्वीकार कर लिया था और साथ रहने का आग्रह दोहराना बन्द कर दिया था। छुट्टियाँ होतीं तो माँ की चिट्ठी-पर-चिट्ठी आने लगती—"टिकट का पैसा पहुँच रहा है। फौरन चले आओ।"

जितने दिन वह वहाँ रहता, माँ उसके आगे-पीछे डोलती रहतीं। पूछती रहतीं—'आज क्या बनाएँ? क्या खाएगा वह?' दही और चूरा खाना उसे बहुत पसन्द था। नाश्ते में अकसर उसे दही और चूरा मिलता...बथुए की कचौरी, शलजम का अचार, कालीवाली गाजर की काँजी।

वह और नन्हे साथ खाने बैठते। नन्हे बहुत हिल गया था उससे। वे मंत्रमुग्ध-सी ताकती पास बैठी होतीं। चलते समय उसके तमाम नए कपड़े बन जाते—"कुछ और जरूरत हो तो बताओ, लाला?" वे पूछती ही रहतीं। गाड़ी सरकने से आधा घंटा पहले से ही वे अनगिनत हिदायतें उस पर लाद देतीं—'ऐसे, ऐसे, ऐसे...' वह भरे-भरे मन से सुनता रहता। गाड़ी चलने को होती तो उनके पाँवों पर झुक जाता। वे कन्धे से चिपका लेतीं। फफक-फफककर रो पड़तीं।

नन्हे हतप्रभ-सा देखता रहता पर जैसे ही गाड़ी रेंगने लगती, अचानक उसे आभास होता कि भैया उससे दूर जा रहा है और वह दहाड़ें मारकर रोने लगता, दोनों बाँहें उसकी ओर पसारे। बाबू जी नन्हे को गोद में उठा लेते। मुन्ना तब हुआ नहीं था।

यह सब उसको अपनी ओर खींचता। पर माँ के सबल पंजों के साधिकार जकड़ की प्रतीक्षा अब तक उसे अपने चौड़े होते कन्धों पर थी जो सहसा टिकेंगे और आदेशात्मक स्वर में कहेंगे—'मैं तुम्हें अब कहीं नहीं जाने दूँगी।' वह हर बार इन शब्दों को सुने बगैर चाची के पास लौट आता। पता नहीं क्या था उन दोनों के बीच। वे एक-दूसरे से बेइन्तहा जुड़े थे; मगर एक दरार थी जो उन्हें विभाजित किए हुए थी...अनवरत, जिसे न वे लाँघ पाईं और न वह ही। हो सकता है कि माँ को भी एक प्रतीक्षा रही हो। उसकी तरह ही कि खुद उनसे कहे—'मैं अब लौटकर नहीं जाऊँगा, तुम्हारे पास ही रहूँगा।' वह कई दफे सोचता। किन्तु हर बार एक ही तर्क उसके मन-मस्तिष्क को दबोच लेता। पहले कहना उनका

बनता है और उन्हें ही इस दरार पर आगे बढ़कर अपनी ममत्व-भरी हथेलियाँ रख देनी चाहिए।

बाबू जी नहीं रहे थे।

चाची ने चलते समय सीख दी थी—"जिद्दियाना नहीं। रुकने के लिए कहें तो रुक जाना। इंटर तो तू प्राइवेट भी कर सकता है। फिर सारे नाते-रिश्ते जुड़े हैं...नहीं रुकोगे तो फिजूल थुक्का-फजीहत होगी। मैं तेरही पर पहुँच जाऊँगी।"

वह उनके कहे पर अमल नहीं कर पाया था।

माँ ने दो-ढाई महीने बाद ही लिखा था कि उन्हें गाँव के स्कूल में ही अध्यापकी मिल गई है। वह उनकी चिन्ता कतई न करे। बस अपनी पढ़ाई में मन लगाए। छुट्टी में आकर मिल-मिला जाया करे। इतना ही उन्हें ढाँढ़स बँधाए रहेगा।

"उठें?" दुग्गल प्लेट में टिप के पैसे छोड़ते हुए बोला।

वह अपने से अलग हुआ। चौंकाते हुए बोला, "हाँ, और क्या!"

उडपी के प्रवेश पर ही पान की दुकान थी। वे वहाँ आ खड़े हुए। दुग्गल ने उसके और अपने पान का आर्डर दिया। फिर हौले से उसकी ओर मुड़ा—"भाभी के लिए भी दो सादा बँधवा दूँ?"

"बँधवा दो।"

जानता है, जानकी को इस दुकान का पान बहुत पसन्द है। दुग्गल जब भी जानकी से मिलने पहुँचता है, इस दुकान से पान जरूर लगवाकर ले जाता है। दोनों में अच्छी पटती है। उनके आपसी मनमुटावों पर वह हमेशा जानकी का पक्ष लेता है—"जिस तरह भाभी तुम्हारे साथ गुजारा कर रही हैं हेड्स ऑफ टू दैट वूमन! दूसरी औरत होती तो निश्चित ही जिन्दगी नरक हो गई होती।"

पान लेकर वे दाहिनी तरफ मुड़े और खुदे पड़े फुटपाथ के मलबे पर सँभलते हुए बढ़ने लगे।

"बस से जाओगे?"

"हाँ।"

"कला नगर उतरकर जरा हरीश से मिल लो। घर पर ही होगा। वह न भी मिला तो भाभी तो होंगी-ही-होंगी। बता रहा था कि पड़ोस में एक 'टू रूम-

किचेन' खाली हो रहा है। पसन्द आ जाए तो जाकर बात कर लो मकान मालिक से। माटुंगा में रहता है शायद। भाड़ा—जैसा कि हरीश बता रहा था—वह ग्यारह महीने का एडवांस माँग रहा है। देने में हर्ज ही क्या है! हर महीने देने की झंझट से बचे रहोगे।"

"पर हाँ," उसकी चुप्पी को झेलते हुए दुग्गल ने कहा, "घर की बात आगे तभी बढ़ सकती है जब तुम अशोक दा के प्रस्ताव पर एक ठोस निर्णय ले लो। डेढ़-दो तक तो वे दे ही देंगे हर महीने, और मेरा खयाल है कि फिल्म साल-भर से पहले पूरी होने से रही, तब तक तो..."

अशोक दा के प्रस्ताव को दुग्गल निरन्तर उसके इर्द-गिर्द सुरक्षा कवच-सा बुन रहा है। क्यों न बुने? वह तो चाहता ही होगा। उसकी बिरादरी का बन्दा बन जाए वह। एसोसिएट डायरेक्टर का पासा भी जोरदार फेंका है। किसी तरह भी तो फँसे।

"छिह!" एकाएक मन खुद के लिए वितृष्णा से भर उठा। दुग्गल तिकड़मी जरूर है, स्वार्थी भी है पर छोटा आदमी कतई नहीं है। एक तो वह उसकी हर तकलीफ का साझा कर रहा है, उसके लिए भाग-दौड़ कर रहा है, कितने फाइनेंसरों को पकड़-पकड़कर लाया है, कई निर्माताओं से उसकी सिफारिश की। पर बात नहीं बनी, या नहीं बन पा रही तो इसमें उसका क्या दोष? अशोक दा का चीफ सहायक है वह। 'एसोसिएट' के सम्मान का हकदार भी वही है। दूसरा कोई मुख्य सहायक होता तो मौका देना-दिलवाना तो दूर, अपने लिए खतरा महसूस कर प्रोजेक्ट में घुसने भी न देता और वह है कि...

"नन्हे का खत आया है।" उसे अपनी आवाज काँपती हुई महसूस हुई।

वे बस स्टॉप पहुँचकर क्यू में खड़े हो गए थे।

दुग्गल ने सशंकित दृष्टि से देखा—"खैरियत तो है?"

"समस्या दूसरी है।"

"वह क्या है?" दुग्गल अधीर हो आया। नन्हे वैसे तो उसे खत लिखता नहीं। लिखा है तो कोई खास वजह ही होगी—अच्छी तरह जानता है वह।

"लो, पढ़ लो।" उसने कुरते की जेब से खत निकालकर दुग्गल की तरफ बढ़ा दिया, "कमरे पर ही देना चाहता था पर वहाँ भड़-भड़ में डौल ही नहीं बैठा।"

उसके खत पढ़ते-पढ़ते ही वह अपनी परेशानी बड़बड़ाता रहा, "चाल का एक कमरा है...अपनी ही गुजर मुश्किल से होती है...काम पास है नहीं पर समझ नहीं पा रहा, हल है क्या..."

खत पूरा करते ही दुग्गल की भौंहें जुड़ गईं—"ओफ! तुम्हें उसे फौरन बुला लेना चाहिए।"

"तुम हालत जानते हो।" खत को जेब के हवाले करते हुए उसका स्वर शुष्क हो आया।

"नीलू अगर इस स्थिति में होता तो क्या तुम इसी दुविधा से जुड़ते?"

नीलू यानी चाची का बेटा।

"शायद!"

"झूठ! दरअसल तुम अपनी कुंठाओं से पीड़ित रहे हो। नन्हे के प्रति तुम्हारा रवैया हमेशा ही प्रतिशोधपूर्ण रहा है। जो कुछ तुम्हें नहीं मिला उसे तुम औरों को भी नहीं देना चाहते। समस्याएँ किसके साथ नहीं हैं? और कब कम होंगी? क्या उस छोटी-सी खोली में उसके लिए कोई कोना नहीं निकल सकता? निकल सकता है मगर पहले एक कोना अपने मन में पैदा करो...सच तो यह है कि तुम्हारे उन रीते-रीते दिनों को एक चाची मिल गई थी संयोग से, सभी को नहीं मिलती न! इसीलिए बचे रहे...बचे रहे तो औरों की तरफ हाथ बढ़ाना भी तो सीखो!...सॉरी, मुझे इतना नहीं बोलना चाहिए।"

दुग्गल की उत्तेजना सहसा बुझ गई—'यह समझाने की बात थोड़े ही है।'

वे चौंके। लोग पीछे से आवाजें लगा रहे थे उन्हें आगे बढ़ने के लिए। बस आकर स्टॉप पर लग गई थी। लोगों ने चढ़ना शुरू कर दिया था।

दोनों के बीच चुप्पी खिंच आई। सरकते-सरकते वे बस के दरवाजे पर पहुँच गए। उसने बस के पायदान पर पाँव रखा कि थोड़ा तिरछा हो दुग्गल की तरफ पलटा—"अशोक दा से कहना, मैं उनकी फिल्म कर रहा हूँ!"

तभी बस घरघराई और दरवाजे पर झूल आई भीड़ को लादे आगे बढ़ गई।

(1979)

दुलहिन

पसीने से नहाए हुए वह जेठ के तपते सन्नाटे को दरवाजे पर छोड़ देहरी लाँघने को ही हुआ कि एकाएक ठिठक गया। किसी के तीखे-तीखे स्वर करेरे-करेरे-से खिंच रहे सुनाई दिए। लगा कि भीतर मथती उमथाहट कलेजे समेत बाहर आ जाना चाहती है लेकिन मुँह तक आते-आते पनियाती पलट पड़ती है। कौन हो सकता है? अनी? अनी ही होगी शायद। सुबह कॉलेज के लिए तैयार होते समय उसने भूमिका बाँधी थी—"लो, भुगतो! आठ-दस दिन ऊपर हो रहे हैं।"

अविश्वास से भरकर उसने अनी की ओर देखा था—"तुम्हें गलतफहमी हो रही है!"

"यकीन करो।"

"कैसे? कहीं तारीख तो गड़बड़ नहीं कर रहीं?"

"गड़बड़ कैसी? साफ तो है। चौदह को होली जली थी, पन्द्रह को रंग चला। उसी रात की तो बात है, याद करो। पन्द्रह से पन्द्रह, महीना हो गया कि नहीं! आज अट्‌ठाइस है। फिर मुझे तो हर बार पाँच दिन पहले ही..."

"हम तो पूरी सावधानी बरतते हैं!" वह परेशान हो आया।

"फालतू बात मत करो...सब्र था? कितना मना किया, पर माने? अपने-आपको बड़ा पहुँचा हुआ जानकार समझते हो...कुछ नहीं होगा। ये दिन बड़े सुरक्षित होते हैं...अब?"

"अरे नहीं, सब ठीक होगा।" उसे आश्वस्त करने के बहाने उसने स्वयं आश्वस्त होना चाहा, "कुछ रोज और रास्ता देख लो।"

"सोच लेना, कोई बात है ही तो देरी करना उचित नहीं होगा न।"

"कॉलेज से लौटकर बात करता हूँ।" कहते हुए वह तत्परता से सीढ़ियाँ उतर गया था।

उसका अनुमान सही निकला। वह नहानघर की ओर बढ़ा। कराहता हुआ स्वर स्पष्ट होने लगा। तबीयत बेहद बिगड़ी हुई है और पूरा घर है कि चिराया हुआ पड़ा है। ठंडा कोना ढूँढ़-ढाँढ़कर सब आराम से लम्बी ताने सो रहे होंगे। आवाज कानों में पड़ी भी होगी तो उन्हें क्या मतलब! किसी को किसी की फिकर नहीं इस घर में। अम्मा को तो बहुओं से वैसे भी लगाव नहीं दिखता। बस रात-दिन आजी की सेवा-शुश्रूषा में जुटी रहती हैं। जब से आजी का हगना-मूतना खटिया पर चल रहा है, वे अन्य दायित्वों से निर्लिप्त हो गई हैं।

नहानघर के निकट पहुँचकर वह अनी को लगभग पुकारने ही वाला हुआ कि देर तक अम्मा को नहान पर बैठी देख सकते में आ गया। अम्मा की डिगहाई धोती का पल्ला नहान की उघड़ी हुई फर्श पर सिमटे, जमे पानी में बेतरह लिथड़ रहा था। हमेशा घूँघट में छिपे रहनेवाले उनके अंगुल-भर खिचड़ी बाल, रिबन बँधी चुटिया में, गरदन के नीचे झुकने और फिर उठने की प्रक्रिया में उठ-बैठ रहे थे। बेहाल-सी वे 'थुह'...'थुह' करती मुँह की पनियाहट थूक रही थीं।

उसे जैसे बिजली का तार छू गया। वह एकदम से पलटा। दिमाग में द्वन्द्व की हाथापाई होने लगी। कहीं...? दूसरा खयाल पुख्ता ही नहीं हुआ। हो सकता है, अम्मा गरमी खा गई हों या खाने-पीने में गड़बड़ हो गई हो! हैजा भी तो बुरी तरह फैला हुआ है आजकल इस इलाके में।

अम्मा का ढाई साल पुराना स्वरूप उसकी आँखों के आगे नाचने लगा। शन्नो का अस्तित्व समेटे उनका पेट डबलरोटी-सा फूल आया था। उसे अम्मा चलती हुई नहीं, लुढ़कती हुई महसूस होतीं। ठमके कदमों ने उनकी बेडौलियत की रही-सही कसर भी पूरी कर दी थी। उन पर जब-जब निगाह पड़ती, वह शर्म और संकोच से सिकुड़ने लगता। सामने पड़ जातीं तो उसकी पूरी कोशिश होती कि वह कन्नी काटकर निकल जाए। वे रोक ही लेतीं और कुछ कहने को होतीं तो वह 'हूँ-हाँ' करने में भी अजीब दिक्कत महसूस करता। दृष्टि कभी अलगनी

पर फैले फड़फड़ाते कपड़ों पर झूलने लगती या खमसारों के प्लास्टर-झरे गोल खम्भों से लिपट जाती।

उन दोनों के मध्य मौजूदा हालत को लेकर तनाव की शुरुआत की खुल्लमखुल्ला अभिव्यक्ति का वह पहला दिन था, जब पहली मर्तबा उसने अपना विरोध अम्मा पर यूँ जाहिर किया कि तनख्वाह मिलते ही घर के हिस्से की किस्त उसने अनी के हाथों उनके पास भिजवाई। क्रुद्ध अम्मा ने नोट उठाकर अनी के मुँह पर दे मारे। घबराई हुई अनी ने अपनी स्थिति स्पष्ट की थी—"उन्होंने दिये, मैंने आपको लाकर दे दिये। मैं बीच में कहाँ आती हूँ। ऊपर बैठे हैं। चलकर बात कर लीजिए। न लेने हों तो उन्हें ही रुपये लौटा दीजिए।"

लेकिन अम्मा ने उसकी एक न सुनी। चीख-चीखकर पूरा घर सिर पर उठा लिया था—"अब कहने-सुनने को बाकी ही क्या रह गया है! जूते लगाने-भर की कसर रह गई है, सो वह भी छाती जुड़ा ले आकर..."

अम्मा के व्यवहार से आहत अनी आवेश से काँपती हुई कमरे में घुसी और पलंग पर ढेर हो, फूट-फूटकर रोने लगी। उसने सारा प्रकरण सुन लिया था। बेवजह ही अनी प्रताड़ित हुई थी। मनाने के लिए आगे बढ़ा तो वह तमककर हाथ झटकते हुए बोली, "छूने की कोशिश की तो अटारी से नीचे कूद जाऊँगी। माँ-बेटे के नाटक से मुझे क्या सरोकार! जो कुछ कहना-सुनना है, खुद हिम्मत क्यों नहीं करते? मेरी फजीहत क्यों करवाते हो? आगे से मुझे बीच में धकेला तो मुझसे बुरा कोई नहीं होगा।"

ऊपर अपने कमरे में पहुँचकर देखा, अनी कोहनी आँखों पर रखे चित सो रही थी, दाहिनी बाँह से शन्नो को बगल में सिमटाए हुए। बन्दरिया के बच्चे-सी चिपटी पड़ी अबोध शन्नो की शमीज का घेरा और घुँघराले बालों के बेतरतीब छल्ले टेबल फैन की तपती तेज हवा में फरफरा रहे थे। गहरे कत्थई रंग की झालरवाली कच्छी कमर से कुछ नीचे खिसकी हुई उसके गोल-मटोल वजूद को मासूमियत से सराबोर कर रही थी।

जमुनापारिन बड़ी भाभी जब-तब ठिठोली करती हैं—"कुछ भी कहो, लाला! यह पेट-पोंछन हू-ब-हू गई तो तुम पे ही है। पुतलियों का भूरा रंग तक नहीं छोड़ा।"

कई बार मन हो आया कि सोती हुई शन्नो की पलकें उठा पुतलियों का

रंग देखे। क्या वाकई उसकी पुतलियाँ भूरी हैं? हू-ब-हू उसी-सी? एक किलकती ललक, दुराग्रह को पीछे धकेल, उससे विद्रोह कर सिर उठा लेती कि उसकी रिबन-बँधी नन्हीं-नन्हीं चुटियों को पकड़कर वह झकझोर दे...गालों पर चुटकी भर ले...नहीं, हथेलियों पर—'चिर्रो-मिर्रो' बुलाकर काँख में गुदगुदा दे...रक्तिम कानों की लवों को जी भरकर चूम ले। लेकिन पता नहीं क्यों अचानक शन्नो शून्य में परिवर्तित हो जाती और उसकी लालसा को सहसा अम्मा का डबलरोटी-सा फूला पेट ढक लेता। शन्नो की ओर बढ़े हुए हाथ उसे छूने से पहले ही ठिठक जाते। एक अवश तिलमिलाहट उस पर तारी होने लगती और क्षुब्ध हो वह अपने ऊपर सैकड़ों राक्षसी अट्टहासों का उपहास अचानक भसक रही छत-सा मरमराया हुआ महसूस करता। उसे लगता कि कभी आवेशवश हाथ शन्नो की ओर बढ़ ही गए तो उँगलियों में नन्हीं देह की दुधाई सुगन्ध नहीं, एक जहरीली लिसलिसाहट चिपक जाएगी जो धीरे-धीरे उसकी पूरी देह को कुकुरखाज से भर देगी।

छह भाई-बहनों में वह सबसे छोटा था। अब नहीं रहा। शन्नो ने उसे इस एकाधिकार से वंचित कर दिया। उसे अच्छी तरह याद है। वह आठेक साल का रहा होगा जब काकी को पुष्पा हुई थी। बचपन की धुन्नू! सौर के मुहारे खड़े-खड़े वह उस गोल-मटोल गुड़िया को चार-पाँच रोज अकसर गौर से लगातार देखता रहा था और उसे गोद में खिलाने को व्यग्र हो उठा था। सभी ने उसे डरा-धमका रखा था कि न तो वह सौर के भीतर ही घुसे और न ही बच्चे को छुए। किन्तु एक दोपहर जब सभी अपने-अपने ठौर-ठिकाने पड़े सुस्ता रहे थे और धुन्नू को बगल में लिटाए काकी भी झपकियाँ भर रही थीं, वह पट् से सौर में घुस गया और बन्दर की भाँति धुन्नू को गोद में उठा दुछत्ती में जा छिपा। धुन्नू न रोती तो वह बड़ी देर तक उसकी चुम्मियाँ लेता रहता और उसके छोटे-छोटे रूई के फाहों-से नरम गुलाबी पैरों को अपने गालों से रगड़ता रहता...

पकड़े जाने पर बड़ी बुआ ने धुन्नू को उसकी गोद से छीन, उसकी हिमाकत पर बेरहमी से तड़ातड़ गाल चटखा दिए थे।

अम्मा ने आगे बढ़कर उसे छुड़ा लिया था। बड़ी देर तक वह उनसे लिपटा हिचकियाँ भरता रहा। उसकी समझ में नहीं आया कि यह कौन-सी रीत है कि एक बच्चा सामने लेटा हुआ है और उसे छुआ नहीं जा सकता, खिलाया नहीं जा सकता?

उसने अम्मा से सवाल किया था, "काकी, बचिया कहाँ से लाईं?"

"बाजार से खरीदकर।"

"तो तुम भी मुझे एक धुन्नू खरीद दो। मैं काकी की धुन्नू को कभी हाथ नहीं लगाऊँगा!" उसने रोष से भरकर कहा।

"ठीक है, ला दूँगी, जरा पैसे जोड़ लूँ। खूब लगते हैं।" अम्मा ने उसे बहलाया।

मगर कुछ ही दिनों बाद वह अपनी जिद भूलकर मस्त हो गया। फिर धुन्नू सौर से बाहर आ गई और उसे न छूने की सारी वर्जनाएँ टूट गईं।

वर्षों बाद जब नितान्त अपनी धुन्नू की कामना का बाल-सुलभ हठ वास्तविकता में अंकुरित होने लगा तो इस उम्र में छोटी बहन पाने की कल्पना मात्र से वह लज्जित हो उठा। सबसे बड़ी जिज्जी चार बच्चों की माँ थी जो अपनी बड़ी बेटी रंजना के हाथ चार साल पहले पीले कर चुकी थी। रंजना से छोटे उमेश की शादी उसी साल हुई जिस साल उसका तिलक चढ़ा। तभी जिज्जी उसके ब्याह में नहीं आ पाई। बड़े और मझले भैया के बच्चे कॉलेज जाने लगे। गीता और सुषमा क्रमश: एक और दो बच्चों की माँएँ बन गईं। खुद उसकी शादी का चौथा साल चल रहा है। बच्चे नहीं हुए तो सिर्फ इसी वजह से कि उसने और अनी ने फिलहाल चाहे नहीं।

शादी की पहली रात को ही उन्होंने तय कर डाला कि जब तक वह अपनी थीसिस पूरी कर दाखिल नहीं कर देता और किसी डिग्री कॉलेज में प्राध्यापक नहीं बन जाता, वे सन्तान के विषय में कतई नहीं सोचेंगे। भूले-भटके कहीं कुछ गड़बड़ हो ही गई तो 'सफाई' करवा लेंगे।

"आगे नहीं हुए तो?" अनी ने संशय प्रकट किया।

"अनाथालय से गोद ले लेंगे।"

तब अनी केवल मैट्रिक पास थी और वह उसे आगे पढ़ाने का इच्छुक था। शादी के बाद उसने फर्स्ट ईयर की परीक्षा में अनी को प्राइवेट कैंडीडेट के रूप में बिठवाया। पढ़ने में भी उसकी भरसक सहायता की। नतीजतन सारी घरेलू अड़चनों और बन्धनों के बावजूद वह पास हो गई। फिर तो वह उत्साह से भर गई और स्वयं परिश्रम करने पर उतर आई। कस्बई सपनों के दायरों में महासागर का विस्तार जड़ें जमाने लगा। इंटर भी हो गया। अब बी.ए. की तैयारी हो रही है।

एक अम्मा हैं, न कुछ सोचना चाहती हैं, न समझना। दकियानूस! बच्चा पैदा करने की मशीन! दूसरों की भावनाओं की कद्र करना उन्हें आता ही नहीं। ऊपर से फूहड़ ठिठोलियों में रस लेती और आनन्दित होती उनके भीतर की बेलिहाज, बेशर्म स्त्री! सामने जवान बेटा खटिया पर बैठा हो तब भी संकोच न करना। कोई लिहाज करतीं तो नाउन काकी को न झिड़क देतीं। आजी को न इशारा कर देतीं।

वे आँगन में दुबके सर्दियों के दिन थे। मांसपिंड के रूप में आकार लेती शन्नो के दिन। गुनगुना घाम था। खटिया पर आराम से वह शोध से सम्बन्धित सन्दर्भ पुस्तक पढ़ने में लीन घाम सेंक रहा था कि सहसा नाउन काकी की पारखी चुहल ने उसकी तन्मयता भंग की—

"अई, दुलहिन, तुम्हुक कुछ है का?" नाउन काकी ने बड़े फूहड़ तरीके से अनी के पेट पर हाथ फिराते हुए सप्रश्न उसे देखा।

प्रत्युत्तर में शर्म से दोहरी होती हुई अनी बगैर जवाब दिए ही भीतर भाग ली।

इस अशालीन चुहलबाजी के चलते उसके कान तप आए। नजरों को जबर्दस्ती किताब में अटकाये रखना मुश्किल महसूस हुआ। परन्तु एकाएक उठ भी नहीं पाया। घाम सेंकना बड़ा भला लग रहा था।

तभी नाउन काकी का दूसरा जुमला उसे चौंकाता पहाड़ से नीचे ढकेल गया, "बधाई हो जिया! सास-बहुरिया का 'जापा' एकै सौर में निपटि जाई।" फिर उसकी ओर कटाक्ष कर हँसीं, "हम तो तुमसे नेग में लायलोन की दुइ साड़ी लेबे, छोटू! एक मेहरिया कै, एक महतारी कै। अंटी कसे रह्यो!"

"छिनार! वहिसे नेग-नेगार की बातें काहे करत हय? अरे, दे-ले वारी अबै तो हम जिन्दा बैठी हन। यहि देहरी की पुरखिन!" आजी की पोपली हिनहिनाती आवाज से उत्साह छलछलाया—"पोता-परपोता साथ होई तो तोहिका बनारसी पहिरैबै। एक बात बता भिकुआ की महतारी, छोटू की बहुरिया के सच्ची कुछौ हय का?"

जवाब अम्मा ने दिया। पटरे पर बैठी वे कद्दूकश पर घिया कस रही थीं—"मोरी नाउन काकी कै बातें...कुछ नहीं है वहिके।" और आँखें मिचकाकर हँसने लगी थीं, "झूठी-फुरी लगावा करती है।"

"चलो, झूठी-फुरी ही सही। तुम अपनी कहो। तोहार कौन महीना है, दुलहिन?" नाउन काकी ने अम्मा से सच्चाई जाननी चाही।

"तीसरा।" जवाब आजी ने दिया, "छोटू कै पीठ भागमान है।"

फिर 'खू, खू, खू, खू' खाँसने लगी। खाँसी हल्की हुई तो उत्साह से भरी बोली, "उतरत बैसाख तक जाई। कै दुलहिन?"

बैठना दूभर हो उठा। अम्मा ने उसके लिए चूल्हे पर चाय चढ़ा रखी थी। सुबह आँगन में घाम सेंकना और लगातार चार-पाँच कप चाय पीना ही छुट्टी की सुबह का उसका प्रिय कार्यक्रम होता।

उसे उठ के जाता देख अम्मा ने पीछे से आवाज लगाई।

जवाब उसने नाउन काकी को दिया, "चाय ऊपर भिजवा दो, काकी।" एकाएक लगा कि अम्मा किसी फूले पेटवाली सुअरिया की काया में प्रविष्ट हो गई हैं और सुअरिया अपनी थुलथुल देह हिलाती मैले की ढेरियों की ओर बढ़ रही है।

घिनाकर किताब उसने पलटकर परे रख दी। पढ़ नहीं पा रहा, पढ़ भी नहीं सकता। बस पैरों पर रजाई डाले, लेटे-लेटे छत की धन्नियाँ घूरता हुआ सोचता रहा कि आखिर इस अधेड़ उम्र में अम्मा को यह क्या सूझी? बूढ़ा-बुढ़ऊ शर्म-हया घोंटकर पी गए।

उसी रात उसने अनी से कहा, "एक काम करो, तुम अम्मा को समझातीं क्यों नहीं?"

"क्या समझाऊँ?"

"यही कि..." वह कह नहीं पा रहा था। इस सन्दर्भ में किसी भी तरह की बातचीत उसे असमंजस में डाल रही थी।

"यानी?"

"तुम तो उठके भाग आईं। आजी बता रही थीं कि अम्मा को तीसरा महीना चल रहा है।" उसने अपने तात्पर्य की भूमिका बाँधी, "सबके सामने बात जाएगी तो लोग-बाग क्या सोचेंगे कि उधर बच्चों के बच्चे हो रहे हैं, इधर अधेड़ माँ बिया रही है। छिह! उचित यही होगा कि अम्मा फौरन सफाई करवा लें। बस एक दिन का तो काम है। खर्चा भी ज्यादा नहीं लगेगा। मैं दे दूँगा। तकलीफ कुछ होती

नहीं। किसी को भनक भी नहीं लगेगी।" वह सारी बातें, सारी घुमड़न एक ही साँस में कह गया। स्वयं पर अचम्भा भी हुआ कि यही सब कहने की खातिर वह पूरे दिन मानसिक तनाव झेलता, छटपटाता, अनी से कहने की हिम्मत सँजोता रहा था।

"भला मैं किस मुँह से उनसे ऐसी बात करूँ?" अनी ने संकोच से भरकर कहा, "अपनी महतारी को जानते नहीं?"

"तुम्हारी हिचक़ सही है, मगर उनसे कहना भी तो जरूरी है..."

अनी ने एक सुझाव दिया, "जो झिझक तुम्हारे आड़े आ रही है वही मुझे भी पस्त कर रही है। देखो, जिज्जी से उनकी पटरी बैठती है। तुम उनसे ही आग्रह क्यों नहीं करते कि वे अम्मा को इस बाबत समझाएँ। वही इस घर में अम्मा से कुछ कहने की हिम्मत कर सकती हैं।"

उसे अनी का सुझाव दुरुस्त लगा।

सीढ़ियों पर ही था कि उत्तेजित अनी ने उससे फौरन कमरे में पहुँचने का इशारा किया और उसके भीतर आते ही किवाड़ भिड़ाकर उसने एक साँस में सारी घटना ज्यों-की-त्यों कह सुनाई थी—"गनीमत समझो कि तुम सामने नहीं पड़े। वरना अम्मा ने रो-चीखकर घर सिर पर उठा लिया था, 'अरे, वहि दहिजार कैर हिम्मत कैसे परी रे...बेटवा-बेटार तो सब भगवान का परसाद होत है। नहीं तो मनई तरसि जात है, देवी-देवता मनावत है, कथा-भागवत सुनत है, टोना-टोटका करावत है। तौनेऊ पै औलाद नहीं नसीब होती और फिर, अबै तो जिया बैठी हैं छाँह धरे...हमरे तीज-त्योहार करै वाली। नेग-न्योछावर धरे वाली। पैदा करि रहिन हैं तो का इन लठलुमड़न कै भरोसे! जिनका अपनी मेहरिन कै चूतड़ चाटै से फुरसत नहीं मिलती!"

"बड़ी जिज्जी की जो दुर्गति की अम्मा ने...तौबा!" भयभीत अनी ने आँखें निकाल कानों को हाथ लगाया—"अभी तक अम्मा अपनी कोठरी की कुंडी चढ़ाए भूखी-प्यासी भीतर बन्द हैं। हमारे लिए एक चेतावनी है कि उससे कह दो कि जो तो उसे इस घर में सीधे-सीधे रहना है तो रहे, नहीं तो अपनी माई (अनी) को लेकर कहीं अलग ठौर-ठिकाना कर ले।"

"भाड़ में जाएँ!" क्षुब्ध हो वह भुन्नाया, "और दो-चार पिल्ले पैदा कर लें—मेरी बला से...बूढ़ी घोड़ी लाल लगाम!"

अम्मा की अलग हो जाने की धमकी पर उसे याद आया कि शुरुआत में अनी को इस घर में तमाम असुविधाएँ महसूस हुई थीं।

नहानघर पर किवाड़ नहीं थे। टट्टी के लिए रोज तड़के उसे लोटा लेकर खेतों में जाना पड़ता था। लौटकर बिसूरती, लड़ती कि यूँ खुले में सरेआम नहाना कब तक सम्भव है? नहीं हो सकता। निरुपाय दरवाजे की आड़ बनाने के लिए वह एक भारी-भरकम खटिया खड़ी कर खुले हिस्से को ढक देती और उस पर चादर या धोती पसार देती ताकि निस्संकोच होकर नहा सके।

उसकी इस हरकत पर सभी मखौल उड़ाते, टीका-टिप्पणी करते कि परदे पड़े हुए हैं। इलाहाबादवाली बेगम साहब नहा रही हैं!

एकाध बार उसकी परेशानियों में खुद को रखकर सोचा तो वे उसे वाजिब भी लगीं और यह भी लगा कि पति होने के नाते अनी की तकलीफें नजरअन्दाज करना गैर-जिम्मेदाराना हरकत होगी। मगर सभी तो उन्हीं परिस्थितियों में रहकर गुजर कर रहे हैं! इस तर्क ने उसे सदैव संयत रखा। यूँ तो वह भगवन्त नगर में अपने कॉलेज के आसपास एक या दो कमरे का अच्छा मकान कभी भी ले सकता है और आने-जाने की लम्बी भागा-दौड़ी से भी बच सकता है मगर इन कारणों और सुविधाओं के चलते अम्मा से अलग होने की कल्पना भी उसे असह्य प्रतीत होती। यही सोचता कि जब तक कोई अन्य बाध्यता उत्पन्न नहीं होती, वह अम्मा के पास रह ले। विश्वविद्यालय में पहुँचने की जद्दोजहद तो जारी ही है। वहाँ नियुक्ति होते ही बाहर रहना उसकी मजबूरी हो जाएगी। तब ये तकलीफें खुद ही खत्म हो जाएँगी।

बाद में कोई अशिष्ट कदम न उठाकर उसने इतना ही किया कि घर के माहौल से कन्नी काट स्वयं को अटारीवाले कमरे तक सीमित कर लिया।

शन्नो पैदा हुई, उसे पता-भर चला। अम्मा अस्वस्थ हुईं। भरतीपुर के डॉ. सिंह उन्हें देखने आए। अम्मा ठीक हो चलीं। वह शोध के सिलसिले को लेकर अधिक व्यस्त बना रहा। अनी शन्नो को कभी-कभार कमरे में साधिकार ले आती, बावजूद उसकी अनिच्छा के। मगर क्लेश से बचने के लिए वह उदासीनता ओढ़े रहता। वैसे भी जब वह पढ़ रहा होता या लिखने-लिखाने में व्यस्त होता, अनी

शन्नो को कदापि ऊपर न लाती। दरअसल वह अनी को शन्नो से कुछ अधिक ही जुड़ता हुआ महसूस कर रहा था। लेकिन इस वात्सल्य-गठबन्धन के निरन्तर सुदृढ़ होते जाने के पीछे वह अपनी व्यस्तता को ही कारण मानता। ऐसा मानने से ही उसे तसल्ली मिलती। हालाँकि कई दफे वह अपने-आपसे तर्क-वितर्क करता कि आखिर वह अपनी कुढ़न शन्नो पर क्यों निकालता है! उस मासूम का भला क्या दोष? मगर पता नहीं क्यों वह अब तक उस अनिच्छित स्थिति से उबर नहीं पाया है। शन्नो को देखते ही उसके दिमाग की नसें तमतमाने लगतीं। उसे लगता कि उसका पूरा घर अनपढ़, गँवारों, उजड्डों, कमीनों और अविवेकियों का अड्डा है जिसमें उसके जैसे शिक्षित का कोई स्थान नहीं।

याद हो आई सहकर्मी शर्मा की शन्नो के जन्म पर दी गई बधाई।

कोशिश करके भी वह अपने गुस्से पर नियन्त्रण नहीं रख पाया था। शर्मा का फूहड़ मजाक उसे भीतर तक छलनी कर गया—"यार, मान गए तेरे दद्दा को। हमें तो इस उम्र में जड़ी-बूटी लेनी पड़ेगी...पर सच्ची बताना, यार! मजा आ जाता होगा, नहीं! ऊपर तुम लोग लगे रहते होगे और नीचे बूढ़ा-बुढ़ऊ!"

"तुम छिछोरे..." उसने आवेश से काँपते हुए शर्मा का कॉलर दबोच लिया। दाँत किटकिटाकर अभद्र हो बोला, "पूछ देख, तेरे अम्मा-बप्पा कोई जड़ी-बूटी लेते हैं कि नहीं!"

उसी क्षण उसे आभास हुआ कि वह मानसिक रूप से बदमिजाज, अशिष्ट और अधीर हो उठा है।

वह अन्दरूनी तौर पर बीमार है और ऊपरी तौर पर ठहरा—संयत। दोनों ही स्थितियाँ असहज और खतरनाक हैं। यह सही है कि निजी तौर पर वह बड़ा अनुशासनबद्ध दिखता है लेकिन भीतर-ही-भीतर अन्तर्द्वन्द्व में उलझा सोचता रहता है कि आखिर घर में और भी तो लोग हैं, उन्हें इस घटना ने किसी भी रूप में क्यों नहीं कचोटा? क्यों वे इस प्रकरण को लेकर अटपटा महसूस नहीं करते? अब तो वह घर में अपने-आपको इतना गैर और अनुपयुक्त अनुभव करने लगा है कि कभी-कभी उसे लगता है कि वह वहाँ बना हुआ क्यों है? शायद अब भी वह सारी खिन्नता और असहमति के बावजूद अम्मा से कट नहीं पाया। भले ही वह अरसे से अम्मा से नहीं बोलता-चालता, मगर...अनी से वह उनके विषय में जरूर

पूछता-पाछता रहता है। सीधे-सीधे वह भी नहीं। घुमा-फिराकर वह पहले आजी की तबीयत के बारे में पूछता, फिर दद्‌दा की, फिर बड़े भैया की, फिर गुड्डी, किन्नी, हरीश, काकी, भाभी की। इन्हीं रिश्तों को फलाँगते हुए वह आहिस्ता से अम्मा पर आ जाता।

अब भी, कॉलेज से लौटकर वह सीधा ऊपर जाने लगता तो यह खयाल उसे उदास कर देता कि पहले वह नीचे आँगन में ठहरता था। अम्मा से सिर्फ उन्हीं के हाथों की चाय पीता। वे कभी किसी काम में उलझी हुई होतीं और किसी बहू या लड़की को आदेश दे देतीं कि चाय का पानी चूल्हे पर चढ़ा दे तो वह बिगड़ उठता। जोर-शोर से ऐलान कर देता कि वह उस चाय को कतई हाथ नहीं लगाएगा। अनी अकसर उसके अम्मांशपने का उपहास उड़ाती, खिंचाई करती कि अब तक वह बछड़े-सा अपनी अम्मा के थन में मुँह मारने को ललकता रहता है!

बरसों हो गए झोलवाली उनकी खटिया में उनसे सटकर लेटे! उनके थुलथुल पेट में मुँह से बुड़बुड़ किए! चौके में खाना खाए! उनसे पैसे माँगे! कैसे झटक देतीं—"जा, अपनी मेहरिया से ले—कारूँ का खजाना गड़ा है हमरे लगे!"

दिल का कितना मजबूत हो गया है वह। मजबूत या ढीठ ही शायद। आज नहानघर के भीतर अम्मा हाल-बेहाल जिस तरह उकला रही थीं, पिछले दिन होते तो वह चिन्तित-सा पलट पड़ता। दौड़कर उनके कन्धे पकड़ लेता। पानी से लोटा भर, कुल्ला करवाता, पोंछता और माथे से सरक गया पल्ला खींच देता। गोद में भरकर उठा लाता, खटिया पर लिटा देता...ऊपर से टेबिल फैन नीचे मँगवाकर ठीक उनके सामने रखवा देता...

प्यास महसूस हुई। उठा। सुराही के मुँह से गिलास में पानी उड़ेलने लगा। पानी की कुलकुल से अनी की नींद उचटी तो वह उठ बैठी—"अरे, कब आए?" खुले हुए बालों को हाथों से मरोड़कर जूड़े में बाँधते हुए उसने पूछा।

"घंटा-भर हो गया।"

"जगाया क्यों नहीं?" पलंग से नीचे उतरकर साड़ी की प्लीट्स ठीक करती हुई वह बुदबुदाई, "पता नहीं आजकल क्या हो गया है! ऐसी बेहोशी की नींद आती है! क्या लोगे?"

"चाय पिलवाओ तो तुम्हें एक बढ़िया समाचार दूँ।"

"पहले ही बता दो!" वह ठुनकी।

"बैठकर बात करते हैं, चाय ले आओ।"

अनी सिर पर पल्ला लेती हुई नीचे उतर गई।

दिमाग में अम्मावाला प्रसंग कौंधा। अनी से पूछ, शंका निवारण कर ले कि कहीं सचमुच शन्नोवाली स्थिति की पुनरावृत्ति तो नहीं हो रही? फिर लगा, पूछकर क्या होगा? जो होना होगा उसे वह बदल नहीं सकता। पहले ही कौन बदल पाया?

आज मूड कुछ हल्का है, प्रसन्न भी। हालाँकि सुबह अनी ने जिस गड़बड़ का संकेत दिया था, उसे ले वह दोपहर तक चिन्तित रहा। फिर इस निश्चय पर पहुँचा कि गड़बड़ अगर हो ही गई है तो सफाई आदि के चक्कर में नहीं पड़ेगा। यह निर्णय सहजता से शायद इसी कारण ले पाया कि डॉ. मजूमदार का पत्र उसे दोपहर से पहले ही कॉलेज में मिल गया था। पत्र में उन्होंने सूचित किया है कि अगले सत्र में डी.ए.वी. कॉलेज में उसकी नियुक्ति निश्चित है। हालाँकि यह उनका पिछले दो वर्षों से दिया जा रहा आश्वासन है। मगर अबकी उन्होंने निर्णयात्मक सूचना दी है। शोध भी उसने उन्हीं के निर्देशन में पूरा किया। अगले हफ्ते उन्होंने उसे कानपुर बुलाया है—मामूली औपचारिकताओं की खानापूर्ति हेतु। इस महीने के अन्त तक वह अपनी थीसिस भी दाखिल कर देगा। टंकण का काम लगभग पूरा हो चला है। डॉक्टर साहब ने उसकी मेहनत के लिए उसे बधाई और शुभकामनाएँ भी दी हैं, और सचमुच...यह पत्र पाकर वह बेहद खुश हुआ है।

मन-ही-मन सोचता रहा है। यहाँ से निकल जाए तो अच्छा है। अब मौका स्वत: ही हाथ लग गया। कानपुर सतीश से कह भी आएगा, अपने आसपास दो-तीन कमरों का एक अच्छा-सा मकान निगाह में रखे। मित्र की पत्नी का साथ मिलेगा तो अनी को अकेला नहीं लगेगा। अनी सुनकर खुशी से चौंकेगी—इस सोच ने उसे रोमांचित किया।

एक तो वह सोया ही बड़ी देर में था। मुँह-अँधेरे ही रोने-पीटने के अचानक उठे शोर ने उसे चौंका दिया।

कुछ पलों बाद घबराई अनी ने उसे झकझोरा, "उठो, उठो न...आजी..."

वह समझ गया। अरसे से बीमार और खटिया पर ही टट्टी-पेशाब करने वाली देह की दुर्गति से छीजती आजी को आखिर मुक्ति मिल ही गई।

अनी रुँधे स्वर में अपनी बर्फ हुई हथेलियों को उसके दोनों गालों से छुआती हुई, बदहवास होती-सी बोली, "मैंने कभी किसी को मरे हुए नहीं देखा। डर लग रहा है मुझे।"

"डर कैसा! बस, देह से प्राण ही तो निकलते हैं!"

"फिर भी..."

"घबराओ नहीं। तुम चलो, मैं आ रहा हूँ।"

"सीढ़ियों पर अभी अँधेरा है!"

"अरे, कमाल है! इतना डरने की क्या जरूरत है?" फिर उसकी अस्थिरता और मौके की नजाकत का खयाल कर वह उठ बैठा, "चलो, मैं सीढ़ियों पर खड़ा रहता हूँ, तुम नीचे उतर जाओ।"

वह सीढ़ियों के ऊपर खड़ा हो गया तभी अनी नीचे उतरने को तैयार हुई। आधी सीढ़ियाँ उतरते-उतरते अनी पलटी, "ऊपर ही मत बैठे रहना। सारा घर जुट गया है। फौरन नीचे आ जाओ।"

जवाब दिए बगैर वह कमरे में लौट आया।

आजी को देखकर वह अकसर उनके कष्ट का अनुमान लगा, सोचता कि इस घिसट-घिसट के जीने से तो बेहतर है कि वह जितनी जल्दी हो, कूच कर जाएँ। हालाँकि डॉक्टरों ने सलाह दी थी कि उन्हें इलाज के लिए जिला अस्पताल में रखना ज्यादा उचित होगा।

अम्मा उन्हें अस्पताल में रखने के विरुद्ध थीं। अम्मा को लग रहा था कि एक तो आजी लगातार अस्पताल में रह नहीं पाएँगी और उनके बगैर उनकी उचित देखभाल सम्भव नहीं। आजी की बदतर हालत के बावजूद बिना पस्त हुए और घिनाये अम्मा दिन-भर उनका गू-मूत उठाती रहतीं। उनकी खैरियत के गंडे-ताबीज बँधवाती रहतीं। और आजी? उनकी अभिलाषाओं का भी कहाँ कोई अन्त था! छोटी का ब्याह देख लें तो मरें (उसकी शादी इसीलिए जल्दी हो गई)। नन्हे, मझले भैया को बेटा हो जाए तो मरें। सावित्री (बड़ी बेटी) को बड़ी मानता के बाद इकलौता पोता हुआ है। उसका मुंडन अपने महादेवन के चौरे पर करवा

लें तो मरें। धुन्नू का 'जापा' देख लें तो मरें। अनी की गोद अभी छूछी है। कुछ हो जाए तो मरें। और अब तो उन्हें शन्नो के ब्याह की दुश्चिन्ता भी घेरने लगी थी। उसका ब्याह अपने सामने कर लेतीं तो मरतीं! उनकी दुलारी बहू (अम्मा) पेट से है। एक और पोते का मुँह देख लेतीं तो मरतीं! पीढ़ी-दर-पीढ़ी आशीषने के लिए वे हर बार मरना स्थगित करती रहतीं। कैसी सघन जिजीविषा!

उसे आजी का वह आक्रोश स्मरण हो आया जब शन्नो के समय सफाई की बात उसने बड़ी जिज्जी से कहलवाई थी। वे क्रुद्ध शेरनी-सी बिफरी थीं— "कौनो चोरी-छिनारा के आय जो दुलहिन पेट गिरवा लें!"

रोने-पीटने के सम्मिलित स्वर कुछ अधिक ऊँचे हो उठे। अनी की हिदायत उसे याद हो आई। उसे नीचे होना चाहिए। वह फुरती से बदन पर कुरता डालकर नीचे उतर आया।

आँगन में जमघट किसी मजमेबाज के इर्द-गिर्द जुड़ी भीड़-सा घेरा डाले हुए था। अन्दाजा हो गया—आजी को बीच में लिटा रखा होगा। उसे देख लोगों ने हटकर रास्ता दिया। सान्त्वना के कतिपय बोल उसे लक्ष्य कर सम्बोधित हुए।

गठरी ढकी-सी आजी! उनके पाँवों के करीब अम्मा बैठी दिखीं। उनका पछाड़ें खाता रुदन उसे विचलित कर गया। औरतों ने उन्हें सँभाल रखा था। उस पर निगाह पड़ते ही अम्मा रस्सा तुड़ाये गाय-सी अरराकर बेतहाशा लिपट गईं।

पहली बार भीड़ में अम्मा का नंगा चेहरा दिखा। हमेशा ठुड्डी तक खिंचे रहनेवाले पल्ले में जब वे बहुओं के बीच आ बैठतीं तो लोग भरमा जाते कि सास कौन-सी है और बहुएँ कौन-सी!

उसके सीने से लिपटी अम्मा दहाड़ें मारकर रो रही थीं। उसे महसूस हुआ कि अचानक उसके भीतर एक दबा-ढका सोता आवेग-सा फूट पड़ा और गालों पर धारासार बहता अम्मा के खिचड़ी बालों को भिगोने लगा।

अम्मा हिचकियों में बोले जा रही थीं। टूटे-टूटे वाक्यों में—"जिया नहीं रहीं रे छोटू...छाँड़ि गईं हमका...अब हमका दुलहिन कहिके को पुकारी रे दइया! को हमार तीज-त्योहार करी रे! हमरे बरे नेग-न्योछावर धरी रे! आज हम बुढ़ा गइन रे छोटू, बुढ़ा गइन...जब तक जिया छाँह धरे बैठी रहीं, हमका यहै लागत रहे कि हम बहुरिया हन। भले हमरे जवान-जहील बहू-बेटवा, नाती-पनाती हैं, दइया!"

सच ही तो कह रही हैं अम्मा। वह सोचने लगा। जब तक किसी बड़े का साया सिर पर होता है, आदमी छोटा ही बना रहता है। जिस दिन वह साया नहीं रहता, उसकी उम्र प्रौढ़ हो उठती है। बयालीस साल की दुलहिन, आज अम्मा रह गई हैं—काकी, दादी, नानी, जेठानी, सास मात्र! वह कभी उनके इस एहसास को लेशमात्र भी महसूस नहीं कर पाया...

घर में तेरहवीं के बाद का अतिरिक्त सन्नाटा था।

उसने अम्मा को गहरी खोजती दृष्टि से ढूँढ़ा। अम्मा कहीं दिखाई नहीं दीं। नियुक्ति-पत्र की खुशी सबसे पहले वह उनसे बाँटना चाह रहा था और शायद... वर्षोंपरान्त वह कॉलेज से लौटकर सीधा अपने कमरे में न जाकर आँगन में आ खड़ा हुआ था।

ऊपर पहुँचा तो छूटते ही अम्मा के विषय में पूछे बिना न रह सका, "अम्मा नहीं हैं घर पर?"

शन्नो की बित्ते-भर की चुटिया पर रिबन का कुन्दा बनाती हुई अनी बोली, "अम्मा तो कानपुर चली गई हैं दोपहरवाली बस से।"

"कानपुर क्यों? एकाएक?" सूचना चौंकानेवाली थी—अम्मा कहीं निकलतीं जो नहीं!

अनी ने शन्नो को 'जा, नीचे खेल आ' की हिदायत देकर बाहर भेज दिया।

उसके जूते खोलते, न खोलते हुए अनी ने बताया और जो बताया वह उसे स्तब्ध करने के लिए काफी था—अम्मा पुष्पा जिज्जी के घर गई हुई हैं। तीसरा महीना चल रहा है। कह रही थीं कि वहाँ किसी नर्सिंग होम में जाकर सफाई करवा लेंगी। यह भी कह रही थीं कि उस समय छोटू की सलाह उन्हें इसलिए नागवार गुजरी थी कि तब वे जिया के रहते कभी अपने को बुढ़ा गया महसूस ही नहीं करती थीं। अब...अब जवान-जहील बच्चों के सामने डुमका फुलाए घूमना बड़ा भद्दा लगेगा!

(1978)

□□□